나는 정의의 집행자

나는 정의의 집행자

초판 1쇄 인쇄 2025년 02월 02일   초판 1쇄 발행 2025년 02월 20일

글 플라비아 모레티 그림 데지데리아 귀치아르디니   옮김 음경훈

펴낸이 이상순   주간 서인찬   영업지원 권은희   제작이사 이상광

펴낸곳 (주)도서출판 아름다운사람들   주소 (10881) 경기도 파주시 회동길 103
대표전화 031-8074-0082   팩스 031-955-1083

이메일 books777@naver.com 홈페이지 www.book114.kr

ISBN 978-89-6513-816-7   73880

Original title: Servizio Cacche per posta
By Flavia Moretti, illustrations by Desideria Guicciardini
© 2019 Editrice Il Castoro Srl, viale Andrea Doria 7, 20124 Milano
www.editriceilcastoro.it info@editriceilcastoro.it
This edition was published by arrangement with Icarias Agency. All rights reserved.

이 도서의 국립중앙도서관 출판예정도서목록(CIP)은 서지정보유통지원시스템(http://seoji.nl.go.kr)과
국가자료종합목록구축시스템(http://kolis-net.nl.go.kr)에서 이용하실 수 있습니다. (CIP제어번호 : CIP2020046116)

나는
정의의 집행자

글 **플라비아 모레티**   그림 **데지데리아 귀치아르디니**   옮김 **음경훈**

아름다운사람들

차례

1장

불의에 맞서는
첫 번째 방법, 침묵

내 이름은 테오도로 피오레티, 나는 열한 살이고 목표는 단 하나, 불의에 복수하는 것.

이런 이유로 나는 3개월하고 7일째 말을 하지 않고 있다.

나는 이제 "잘 지내니?" 같은 질문에 답하지 않는다. 안녕히 주무세요나 안녕히 주무셨어요 같은 인사도 하지 않으며, 어떤 주제에 대해서도 의견이 없는 척한다. 나는 오직 생사가 걸린 문제나 학교에서 질문을 받을 때, 또는 무언가가 불타고 있을 때만 말할 생각이다.

전화할 때 나는 꼭 필요한 말만 한다. 부모님께 용돈을 달라고 할 때도 말없이 위협적인 태도로 손을 내민다. 나는 오직 친구들과만 소통하는데, 친구들은 내가 이렇게 오랫동안 말을 하지 않고 버틸 수 있다는 걸 도저히 이해하지 못한다.

말하지 않기 파업은 불의의 집행자 두 사람, 즉 나의 부모님을 벌주기 위해 시작했다. 이렇게 과격한 해결책에 이르기 전에 나는 다른 방법들을 시도해 보았다. 소리를 지르고, 접시 세 개를 깨뜨리고, 엄마의 옷 몇 벌을 잘라버렸지만, 소용이 없었다. 또 나는 어른들처럼 차 한 잔을 들고 대화로 내 마음을 전달하려고 시도해 보았지만, 부모님은 웃기만 하고 내 말을 귀담아들어 주지 않았다. 그래서 어느 날, 차라리 침묵하는 게 더 낫겠다고 생각했다.

가끔은 내가 혼잣말하는 이상한 사람이 되는 건 아닐까 궁금하다. 특히 내가 자전거에 대고 말할 때 그런 생각이 든다.

"내가 돌아올 때까지 여기서 얌전히 있어. 무서워하지 마, 창문에서 내가 널 지켜보고 있을게!"

1년 전, 엄마가 마침내 나에게 자

전거를 사주었다. 한정판 모델로, 단 10대만 제작한 자전거였고, 형광 노란색에 흰색 줄무늬가 있다. 절대 헷갈릴 수 없는, 유일무이하고 정말 멋진 자전거였다!

이런 이유로 나는 자전거에서 절대 눈을 떼지 않고, 심지어 창문으로 확인할 정도였다. 하지만 엄마는 자전거를 사준 다음 날로 차고에 넣어버렸다.

"차가 많이 다니는 곳에서 네가 자전거를 타는 걸 상상하면 불안해, 테오."

나는 엄마에게 자전거를 타지도 못하게 할 거면 왜 사 줬냐고 물었다. 내가 집 앞에서 잠깐 타는 것만으로도 만족할 수 있고 엄마랑 같이 나가도 된다고 했지만, 엄마는 "더 말해 봐야 소용없어, 테오. 널 위해서야."라고 말했다. 그러고는 방으로 들어가 클래식 음악을 크게 틀고 문을 닫아버렸다.

내 분석에 따르면, 불의의 집행자는 여러 유형이 있다. 우리 엄마는 적극적 망치형 유형에 속하며, '이건 너를 위해서야'.라는 말이 이 부류의 대표적인 문구다. 적극적 망치형 불의의 집행자는 내 대신 결정을 내리고, 내가 바라는 것에는 관심도 없으며, 나에게 좋은 일을 한다는 믿음으로 함부로 행동한다.

엄마는 나와 상의도 없이 내가 혼자 숙제할 능력이 없다고 판단하고, 방과 후에 나를 가르칠 과외선생님을 구했다. 그 선생님은 깡마른 체구에 피부가 번들거리는 사람이었는데, 말할 때 입을 거의 벌리지 않아서 "나누세를 이해흐지 모흐는 유이른 아이(나눗셈을 이해하지 못하는 유일한 아이)"라고 들렸다.

나는 그 깡마른 과외선생님 집에 갈 때마다 불행을 느꼈다. 그래서 엄마에게 온갖 방법으로 이를 설명하려고 노력했다. 단식 투쟁을 하기도 하고, 상냥한 말투로 설득해 보기도 하고, 벽에 글씨를 써서 표현해 보기도 했지만, 엄마의 대답은 항상 같았다.

"너 혼자서는 아무것도 못 하잖니, 누군가 네가 공부하는 걸 봐줘야 해, 테오. 그렇지 않으면 이번 학년을 또 반복해야 할 거야."

물론이죠, 그렇겠죠.

그리고 내 친구들이 초인종을 누를 때마다 친구들의 말에 엄마는 늘 이렇게 말했다.

"저희는 아다와 미켈레인데요. 테오도 나와서 놀 수 있어
요?"

"안 된단다, 얘들아. 테오는 열네 살이 될 때까지는 혼자
밖에 나갈 수 없어! 내가 몇 번을 말해야 알아듣겠니? 너희
도 너희들끼리 돌아다니지 말고 집에 있어야 한단다."

다행히도 아다와 미켈레는 믿을 만한 친구들이다.

한 번은 엄마에게 말하지 않고 나가서 놀았는데, 엄마가
경찰에 신고했다. 경찰이 와서 아파트 정원에서 놀고 있는
나를 발견하고는, 상의 끝에 엄마에게 국화차 한 잔을 마시
라고 권했다.

나는 아빠에게 뭔가 좀 해달라고 부탁했다. 하지만 내 분
석에 따르면, 아빠는 그저 구경만 하고 저항하지 않는 멋진
소극적 불의의 집행자였다. 드물게 행동에 나설 때도 적절
하지 않게 행동한다. 이번에도 아빠는 그저 "엄마는 너를 위
해서 그러는 거야."라고 말할 뿐이었다.

내가 아빠와 대화하려고 해도 아빠는 대부분 화면을 보고
있었다. TV, 컴퓨터, 혹은 휴대전화 화면만 응시하고 있곤
했다. 짜증나기는 하지만, 이런 멍한 상태의 숭어 같은 태도

(넋을 잃은 눈으로 화면만 응시하는 태도)는 나에게 어느 정도 자유를 보장해 주었다. 내가 집을 부숴버려도 아빠는 편안하게 앉아 있을 사람이다. 내 경험에서 하는 말이다.

다행히도 우리 엄마는 콘트라베이스 연주자라서 투어를 다닌다. 엄마가 집을 비우면 아빠는 마법처럼 아들을 잊어버리는 것 같다. 그 덕분에 나는 아무 방해 없이 아빠의 무심한 보호 아래 내 삶의 통제권을 되찾을 수 있다. 지금은 부모님이 헤어졌고 엄마가 여름 내내 떠나 있는 덕분에, 나는 내 자전거를 가지고 아빠의 새집으로 이사했다. 마침내 내가 원할 때마다 자전거를 탈 수 있게 되었다.

아빠는 컴퓨터 기술자인데, 책상 위에는 수리해야 할 컴퓨터가 가득하고, 고객 이름이 적힌 견출지가 뒤죽박죽 붙어 있다. 아빠는 일을 잔뜩 쌓아두고 항상 늦게 끝낸다. 아빠는 집세도 늦게 내는데, 내가 여기 온 이후로 집주인이 두 번이나 찾아와서 소란을 피웠다.

아빠는 당황하지 않고 말했다.

"이해해 주세요, 안시올리니 씨. 우리 세대는 복잡하잖아요. 일거리도 부족하고, 저는 혼자 아이를 키우는 젊은 아빠잖아요."

안시올리니 씨는 문을 쾅 닫고 나가면서 "게으름뱅이, 방랑자 같으니라고!" 하며 소리쳤다.

저 안시올리니 씨는 자기가 뭐라도 된다고 생각하는 걸까? 아빠에 대해 그런 말이나 생각을 할 수 있는 사람은 오직 나와 엄마뿐인데.

솔직히 말하면, 아빠가 늦잠 자는 습관이 있는 건 사실이다. 물론 일어나자마자 바로 일을 시작하기는 하지만, 점심시간이 너무 금방 와버린다. 그리고 아빠는 점심을 먹고 나면 참지 못하고 소파에 앉아 내 플레이스테이션을 독차지해 버린다. 나의 플레이스테이션을 말이다.

플레이스테이션 사용 시간을 협의하려 해도 소용이 없다. 아빠는 항상 준비된 답변만 할 뿐이다.

"열한 살짜리에게는 비디오 게임이 해로워, 테오! 네가 내 나이가 되면 마음껏 할 수 있을 거야. 게다가 플레이스테이션은 내가 샀으니까 내 거야!"

아빠에게 내가 아빠의 나이가 되면, 대통령이나 유명 사이클 선수 혹은 세탁기 사용 설명서를 만드는 유명 작가가 될 것이며 분명히 오후 내내 플레이스테이션을 하며 시간을 보내지 않을 거라고 말해 봐야 소용이 없을 것이다.

저녁 시간이 되면 아빠는 종종 아무것도 끝내지 못했다며 투덜거린다. 가끔 우리 집에 '멍청이 아줌마', 즉 아빠의 새 여자 친구가 와있을 때도 있다. 아빠의 여자 친구는 아래층에 사는데, 아빠가 이곳으로 이사 오면서 알게 됐다고 했다.

이 일로 엄마와 큰 다툼이 있었고, 지난여름에 학기가 끝나고 나서 엄마와 아빠는 나에게 더 이상 함께 살지 않기로 했다고 말했다. 그래서 나는 엄마 집과 아빠 집을 오가며 살게 되었다.

일주일 전부터 아빠 집에서 지내고 있는데, 드디어 엄마에게서 처음으로 전화가 왔다.

"테오, 엄마 전화야. 창문 가까이 가서 받아, 신호가 더 잘 잡힐 거야!"

"금쪽같은 내 사랑 테오! 어떻게 지내니? 양치질 잘하고 있지? 아빠가 힘들게 하지, 그렇지? 엄마 사랑하지?"

"아니, 네, 아니요." 단답형으로 대답하는 게 꽤 통쾌했다.

"너를 위한 깜짝 선물이 있어, 힌트를 줄까? 딱 하나만 줄

게. 테오, 듣고 있지?"

나의 눈도, 귀도, 머리도 이미 다른 곳에 가 있었다. 내 한정판 자전거, 형광 노란색에 흰 줄무늬가 쳐진 그 자전거가 이제 더 이상 창문 아래에 없었다.

자전거가 사라졌다, 증발했다, 흔적도 없이 사라졌다.

이건 진정한 불의다. 아니, 불의 목록 맨 위에 올라갈 일이다. 맹세코 복수할 거다.

엄마는 여전히 전화기 너머에서 혼자 계속 이야기하고 있었다. 나는 쪽지를 썼다. '지금부터 모든 게 엉망이야, 하지만 전에는 괜찮았어. 나는 불의의 집행자들과는 말하지 않을 거야. 그러니까 엄마하고도 말 안 할 거야. 엄마가 다음 주에 기억한다면 다시 연락해. 안녕!'

그다음 나는 또 다른 쪽지를 써서 아빠에게 첫 번째 쪽지를 엄마에게 읽어달라고 부탁했다. 엄마는 2분 후에 다시 전화해서 말했다.

"당신 아들한테 불의의 집행자라는 낱말을 사전에서 찾아보라고 해."

나는 그렇게 했고, 그런 낱말은 존재하지 않는다는 것을

16

알게 되었다. 부정한 사람이라고 말하는 게 맞지만, 그런 건
나한테 전혀 중요하지 않다.

2장

두 명은 한 명보다 더 나쁘다

끔찍한 푸티니 형제들이 분명하다. 바로 옆 건물에 사는 열세 살과 열네 살짜리 두 악동이다. 그 애들이 내 자전거를 가져간 게 거의 확실했다.

형은 얼굴이 네모나고 눈은 작고 반만 뜬 것처럼 보이며 코는 콩 모양이다. 동생은 형이랑 똑같이 생겼지만, 키가 더 작고, 어깨까지 내려

오는 긴 머리에 눈빛은 형보다 훨씬 더 사악하다. 둘 다 덩치가 크고 땅딸막하며, 짙은 일자 눈썹이다.

어제 내가 집에 돌아와 자전거를 창문 아래 묶고 있을 때, 그들이 대문 앞에 서성거리고 있었다.

형은 슬픈 눈으로 내 자전거를 바라보고 있었고, 동생은 마치 하이에나처럼 나를 뚫어지게 쳐다보고 있었다.

"저거 네가 부쉈던 그 자전거랑 똑같잖아!" 형이 동생에게 말했다.

"난 자전거 부수는 게 좋아, 형!"하고 동생이 대답했다.

그때 자전거를 집 안으로 들여서 안전하게 보호했어야 했는데, 나는 그들을 과소평가하고 말았다.

멍청이 아줌마 말이 맞았다.

"디에고와 아르만도 푸티니는 정말 다루기 힘든 아이들이야."

그들은 부당함을 저지르는 사람 중 최악이었다. 바로 양심 없는 자들 말이다. 나는 머리끝까지 화가 치밀어 올랐다. 이 끝에서 저 끝으로 방안을 왔다 갔다 걸어 봐도, 매트리스를 주먹으로 쳐 봐도 화가 풀리지 않았다.

디에고와 아르만도 푸티니에게 대가를 치르게 하고 싶었다. 그 아이들이 맨 꼭대기 층에서 거꾸로 매달려 공포에 질려 비명을 지르는 걸 보고 싶었다. 그들을 추위와 얼음 속에 속옷 차림으로 내버려두고 싶었지만, 아쉽게도 지금은 여름이다.

디에고와 아르만도 푸티니의 집에 가서 그들의 엄마에게 당신의 건방진 아들들이 내 자전거를 훔쳤다고 말할 수도 있다. 하지만 이게 좋은 생각일까? 어쩌면 디에고가 지금 이 순간 자전거를 산산 조각내고 있을지도 모르고, 그의 엄마가 그를 도와주고 있을지도 모른다.

내 방을 나오는 건 어리석은 실수였다. 부엌에서 풍겨 나오는 진한 채소 국물 냄새가 코를 찔렀다. 채소 국물에서 뿜어져 나오는 수증기 속에서 멍청이 아줌마가 캥거루 모양 앞치마를 두르고 초록색 액체를 믹서기로 갈고 있었다.

아빠가 작업대에서 키보드를 손에

20

들고 나타나 대화를 시도했다.

"테오, 비 오는 멋진 하루구나! 네 엄마가 비 오는 날엔 너를 집에 가둬 두는 걸 알지만, 네 나이 때, 나는 이런 날씨엔 달팽이를 잡으러 다니곤 했어. 그러니까, 점심 먹고 나서 밖에 나가도 돼!"

그러자 멍청이 아줌마가 치약 광고에 나오는 것 같은 미소를 지으며 덧붙였다.

"그래도 장화는 신어야 해. 마당이 온통 진흙밭일 테니까."

'참 멋진 광경이군! 아빠는 내 조이스틱을 가지고 놀고 멍청이 아줌마는 부엌을 채소로 점령하는 동안, 나는 밖에 나가 진흙 속에서 달팽이를 잡아도 된다는 허락이나 받고 있으니!'

결국 나는 멍청이 아줌마가 '헐크 수프'라고 이름 붙인 시금치 수프에 크루통 빵을 넣어 먹게 되었다. 멍청이 아줌마는 내가 그 이름 덕분에 더 잘 먹을 거로 생각했겠지만, 누구보다 먼저 헐크가 이 끔찍한 국물을 역겨워할 거라고는 상상하지 못했을 거다.

아빠와 멍청이 아줌마는 내 자전거가 사라진 것도 모르고 그들의 세상은 아무 일도 없었던 것처럼 계속 돌아가고 있다. 하지만 내 세상은 복수를 기다리며 멈춰 있다.

푸티니 형제가 전혀 예상하지 못할 무언가가 필요하다. 그들을 겁먹게 하고 역겹게 할 한 방, 이 수프 같은 거 말이다.

"내가 집세 미리 빌려줄게, 원한다면 당신이 돈 받으면 그때 갚아." 멍청이 아줌마가 착한 사마리아인 같은 표정으로 아빠에게 말했다.

"돈을 빌리는 건 좀 꺼려지긴 하는데, 그래도 이렇게 하면 안시올리니 씨가 좀 진정하겠지!" 아빠는 별다른 노력 없이 문제를 해결한 것에 대해 기분이 좋아 보였다.

멍청이 아줌마가 아빠의 책임감, 시간을 낭비하면 안 된다는 것, 그리고 안시올리니 씨가 집세를 요구하는 건 당연하다고 이야기를 시작했다. 아빠는 항상 그렇듯 잘생긴 외모를 이용해 빙긋 웃어 보이며 "당신이 없으면 난 어떻게 하지, 응?" 같은 토를 달 수 없는 말로 넘겼다.

점심을 먹은 후, 나는 비상용으로 숨겨둔 저금통을 꺼내

서 헐크 수프 말고 다른 걸 먹으려고 돈을 챙겼다. 현관문을 나서려는데 아빠가 나를 붙잡아 세우고 작은 봉투를 내밀었다.

"돌아오기 전에 이걸 안시올리니 씨에게 갖다 줄래? 맞은편 건물 2층에 산단다. 집세니까 조심하고."

나는 그 돈을 받아 들고 현관을 나섰다. 하지만 계단을 내려가면서 그 돈으로 기차를 타고 어디론가 떠나서 모두를 걱정시킨다면 얼마나 멋질까 하는 생각을 멈출 수가 없었다.

마당에는 푸티니 형제도, 내 자전거도 보이지 않았다. 나는 아이스크림 가게로 가서 프라페를 주문했지만, 믹서기가 고장 났다고 했다. 그래서 어쩔 수 없이 아이스크림을 넣은 포카치아를 주문했다.

비가 너무 세차게 쏟아져 마치 하늘에서 양동이로 물을 퍼붓는 것 같았지만, 나는 안시올리니 씨에게 가야만 했다. 어쩌면 안시올리니 씨는 연쇄 살인범이나 뱀파이어, 아니면 심지어 식인종일지도 모른다. 엄마라면 절대로 나를 낯선 사람 집에 보내지 않았을 거다. 엄마는 TV에 그런 사건들이

23

너무 많이 나온다는 말을 항상 했으니까.

마치 비디오 게임의 시작 장면 같았다. 안시올리니 씨 집 창문에는 짙은 초록색 커튼이 쳐져 있었는데, 커튼 아래쪽 구석에서 눈 두 개가 나를 지켜보다가 사라졌다. 나는 다른 선택지가 없었고 어쩔 수 없이 초인종을 눌렀다.

"누구요?"

안시올리니 씨의 목소리는 전혀 친절하지 않았다.

"테오도로 피오레티예요, 집세를 드리러 왔어요."

내가 대답했다.

"2층, 오른쪽 문이야."

나는 최악의 상황을 상상하며 계단을 뛰어 올라갔다.

"다음번엔 네 아버지에게 직접 오시라고 전해라!"

안시올리니 씨는 내 손에서 봉투를 낚아채더니 내 얼굴 앞에서 문을 쾅 닫아버렸다.

게임 오버.

나는 매우 실망한 채 돌아서며 위를 올려다보았는데, 창문에서 다시 안시올리니 씨의 눈이 보이는 것 같았다. 사실 그 눈은 사람 눈치고는 너무 컸다. 아마도 괴물일 수도 있고, 쌍안경일 수도 있다. 아니면 내 상상일 수도 있다. 그 눈은 내 상상일 수 있지만, 푸티니 형제는 진짜다. 그들이 방금 무언가를 웅덩이에 던져 놓고는 집으로 돌아가고 있다. 동생 녀석은 마치 네안데르탈인만이 낼 수 있을 것 같은 웃음을 터뜨리고 있었다.

그것이 내 자전거의 일부일 수도 있기에 나는 가까이 가서 확인해 보기로 했다. 웅덩이를 들여다본 순간, 내 자전거는 잊혔다.

빈 풀 통 옆에 온몸이 진흙으로 뒤덮여 있는 작은 강아지가 있었다. 눈에는 눈물이 그렁그렁했고 몸을 떨며 나를 올

려다보고 있었다. 마치 내가 자신의 목숨을 구해주기 위해
그곳에 있는 것처럼 간절한 눈빛으로.

3장

팡고 때문에 실패한 침묵 파업

    나는 그때를 잊지 않기 위해서 강아지에게 팡고라고 이름

붙였다. 팡고는 이탈리아어로 진흙이라는 뜻이다.

    팡고는 내 이불 위에서 밤새 잠을 잤고, 나는

아직도 팡고의 털 색깔이 무슨 색인지 잘

모르겠다. 내가 팡고에게 줄 쿠키를

가지러 부엌에 가자, 팡고가

나를 따라왔다. 멍청

이 아줌마가 팡고

를 보았다.

"불쌍한 작은 털 뭉치 같으니라고! 도대체 무슨 일을 당한 거니?"

그때 아빠도 부엌에 왔다.

"이렇게 더러운 개가 왜 우리 집에 있는 거야? 테오. 우리는 이 녀석을 키울 수 없어!"

나는 아무 말도 하지 않았다. 멍청이 아줌마가 강아지를 위해 고기를 준비하며 말했다.

"강아지한테는 단 게 안 좋아. 지금은 일단 수의사한테 데려가고, 그다음에 생각해 보자."

"푸티니 형제가 그랬어요. 내가 봤어. 그 아이들이 이 강아지를 괴롭힌 거야. 그 애들은 양심 없는 불의의 집행자들이야."

내 입에서 저절로 이 말이 툭 튀어나왔다. 참을 수가 없었다. 3개월하고 9일 만에 나는 다시 아빠에게 말하고 있었다.

"말했어! 테오. 네가 말을 했다고, 아빠가 들었어!"

나는 계속해서 말했다.

"팡고는 우리랑 함께 지내야 해."

멍청이 아줌마가 아빠에게 아무 말도 하지 말라는 신호를 보냈고, 우리는 가방을 들고 밖으로 나왔다.

마당에서 광고가 똥을 쌌고, 멍청이 아줌마가 나에게 노란 봉투를 건네며 그것을 주워 담으라고 했다. 그 순간 나는 그 똥을 푸티니 형제에게 보내면 정말 재밌겠다는 생각이 떠올랐다.

겉보기에는 예쁜 선물처럼 보이지만, 사실은 짜증나고 예상치 못한 냄새 나는 '혐오 선물'. 딱 그 아이들처럼.

내 새로운 사업 동료가 꼬리를 흔들고 있었다. 내 머릿속에서 기발한 아이디어가 떠올랐다는 것을 광고도 아는 것 같았다. 바로 최고의 아이디어가 나왔다는 걸 말이다.

잠시 후 우리는 동물병원에 도착했고, 수의사는 나를 경멸하는 눈빛으로 쳐다보았다. 수의사는 내가 강아지를 이렇게 만든 장본인이라고 생각한 것이다. 멍청이 아줌마는 수의사에게 이웃집에 사는 형제가 한 짓으로, 그 아이들은 가정환경이 어렵고, 그래서 세상에 대한 분노로 가득 차 있다고 설명했다.

수의사가 엉망이 된 털을 다 잘라내자, 우리는 광고가 흰색 바탕에 갈색 반점이 있는 강아지라는 걸 알게 되었다. 긴 귀도 갈색이었는데, 처음에는 완전히 달라붙어 있어서 보이지 않았다. 마지막으로 수의사는 팡고의 한쪽 발을 치료하고 예방접종을 해주었다.

팡고는 이제 상태가 괜찮다. 내가 일주일 동안 연고도 발라주었고 이제 많이 먹이고, 뛰게 하고, 놀아주고, 평생 사랑을 주기만 하면 된다.

"할 수 있겠니? 꼬마야!" 수의사가 처음 진료 때 그랬던 것처럼 여전히 까칠한 표정으로 나에게 물었다.

"제 이름은 테오예요. 제 친구 팡고에게 평생 충성을 다할 것을 맹세해요!"

수의사는 이가 다 드러나게 활짝 웃더니 강아지 사료, 비타민, 통조림, 뼈, 공, 그리고 알록달록한 색이 칠해진 그릇이 두 개 들어 있는 둥근 상자를 커다란 봉투에 넣어주었다.

우리가 병원을 나왔을 때, 멍청이 아줌마가 내게 가장 좋아하는 색이 무엇이냐고 묻더니, 휴대전화로 무언가를 쓰기 시작했다. 그녀는 내게 푸티니 형제와 문제를 일으키지 말라고 당부했고, 푸티니 형제의 엄마와는 자기가 이야기하겠다고 했다.

그 후 우리는 멍청이 아줌마가 좋아하는 식재료를 파는 유기농 식료품 가게에 들러, 피자 재료를 사서 집으로 돌아왔다. 내 방에 들어가 보니 아주 커다란 상자가 하나 놓여 있었고 그 위에는 아빠가 붙여둔 견출지가 있었다. '말만 하면 돼.'라고 적혀 있었다.

나는 조심스럽게 포장을 풀고, 알록달록한 포장지와 리본을 따로 두었다. 상자 안에는 팡고를 위한 침대, 목줄, 하네스, 그리고 우리 새로운 사업 동료를 위한 봉투들이 들어있었다. 전부 내가 가장 좋아하는 초록색이었다.

광고는 새 침대에서 잠이 들었고, 나는 불의의 집행자들 또는 부정한 대상들 목록을 작성하기 시작했다. 맨 위에는 당연히 그들, 푸티니 형제가 있었다!

내 아이디어를 빨리 등록해야 한다. 신문에서 읽었는데, 뭔가 발명했을 때는 다른 사람이 훔쳐 가기 전에 어딘가에 등록해야 한다고 했다.

나는 내 방을 작업 실험실로 만들기로 했다. 비어 있는 두 개의 서랍은 광고의 소중한 기부(똥)를 보관하는 데 사용할 거다. 그리고 내 책상에는 복수의 선물 상자를 준비하기 위한 모든 도구를 놓아둘 거다. 지금 당장은 광고의 그릇이 들어있던 둥근 상자, 선물 포장지, 그리고 아빠가 보낸 상자의 리본만 있긴 하지만 말이다.

저녁 산책을 하면서 내 새 초록색 봉투 중 하나에 모든 것을 모아 담았지만, 푸티니 형제에게는 아직도 모자란다.

광고와 함께 저녁에 산책하는 건 참 좋다. 신선한 풀 냄새가 나고, 곧 어둠이 찾아오겠지만 아직 낮처럼 느껴진다. 내일을 위한 모든 계획을 짤 수 있는 시간이다.

집으로 돌아오는 길에 먼저 들은 소리는 푸티니 형제 중 한 명이 지르는 동굴 속 원시인 같은 외침이었다. 그러다 현관에 도착했을 때, 멍청이 아줌마가 만든 피자 냄새가 우리를 맞이했고, 그 순간 내가 꽤 운이 좋은 편이라는 걸 깨달았다.

저녁 식사까지 아직 시간이 조금 남아 있어서, 나는 광고의 그릇이 들어있던 둥근 상자를 초록색 선물 포장지로 감싸고, 뚜껑 위에 리본을 붙였다. 그랬더니 꽤 그럴듯해 보였다. 그 상자가 가득 채워질 때를 기대하시라.

나는 상자 안에 넣을 종이에 이렇게 썼다. '너희들, 큰 잘못을 저질렀어.'

그때 부엌에서 아빠가 외쳤다.

"저녁 식사 준비됐다!"

"갈게요, 잠깐만요."

나는 다른 종이에 내 계획을 적었다:

〈똥 익스프레스〉는 세상의 불의에 대한 복수 계획이다.

이 계획은 팡고가 친절하게 제공한 일정량의 똥을 가해자에게 보내는 것이다.

이 '향기로운 선물'은 정성스럽게 위장되어, 색깔이 화려하고 기대되는 멋진 포장지로 감싸서 전달할 것이다.

그리고 '너, 큰일을 저질렀어'라고 적힌 쪽지가 함께 들어갈 것이다.

이 상자를 받은 사람은 처음에는 놀라고, 역겹고, 분노할 것이다. 마침내 자신이 진짜 '큰 잘못'을 저질렀다는 사실을 깨닫게 될 것이다.

테오와 팡고

자, 이제 내 아이디어를 책상 위에 (공식적으로) 등록했다.

4장

네 개의 눈이 두 개보다 낫다

드디어 그날이 왔다. 오늘 아침 나는 사업을 위한 모든 준비물을 샀고, 아빠의 견출지 몇 장을 가져와 새로 산 물품들을 주의 깊게 나누어 정리했다. 아빠의 책상과는 달리, 내 책상은 매우 깔끔하다.

나는 작은 상자, 중간 크기 상자, 큰 상자, 둥근 상자, 네모난 상자, 직사각형 상자까지 준비해 두었다. 줄무늬와 물방울무늬가 있는 선물 포장지, 리본 그리

고 색색의 여러 겹 리본 꽃 장식들도 준비했다. 상자 안에는 타원형과 둥근 쟁반을 사용하고, 장식을 위해 반짝이와 작은 구슬을 넣을 것이다.

또한 색색의 작은 카드들과 실내 방향제 두 개도 준비했다. 하나는 초콜릿과 계피 향이고, 다른 하나는 민트와 자몽 향이다.

푸티니 형제들을 위한 복수 상자가 준비되었다. 똥은 둥근 쟁반 위에 올려 반짝이로 장식했고, 그 옆에는 '너희들, 큰 잘못을 저질렀어.'라는 메모를 함께 두었다. 모든 것을 밀봉한 뒤, 초콜릿과 계피 향의 탈취제를 뿌렸고, 상자에는 '디에고와 아르만도 푸티니에게'라고 매직펜으로 썼다.

나는 점심을 먹고 나서 창문 뒤에 자리를 잡았다. 한 시간쯤 지나자, 오른쪽 다리가 저려왔고, 왼쪽 다리도 거의 저려올 때쯤 디에고와 아르만도 푸티니가 대문 밖으로 나와 마당을 가로지르는 게 보였다.

나는 광고를 데리고 아래로 내려갔는데, 끔찍한 푸티니 형제들이 갑자기 방향을 바꾸어 다시 집으로 돌아갔다. 솔직히 말해서, 나는 머리가 세 개 달린 괴물을 마주친 양 무

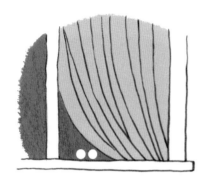

서웠다는 것을 인정한다. 디에고와 눈이 마주쳤을 때, 나는 마치 피에 굶주린 뱀파이어의 눈을 보는 기분이었다. 그들이 광고를 쳐다보는 눈빛을 보니, 자신들이 괴롭혔던 강아지가 이제 내 보호 아래 있다는 사실이 썩 마음에 들지 않는 것 같았다.

나는 서둘러 0.2초 만에 대문 안으로 뛰어 들어왔고, 실제로 부르지도 않은 아빠에게 대답하는 척하면서 말했다.

"곧 가요, 아빠!"

우리는 계단 위로 올라가 안전하게 숨은 뒤, 기다렸다. 15분 정도 지나서야 그들이 다시 밖으로 나오는 소리가 들렸다. 내 인생에서 가장 길게 느껴진 15분이었다. 적어도 지금까지는.

나는 대문을 나서면서 슬쩍 고개를 들어 올려 주위를 살폈다. 그때 안시올리니 씨 댁 창문에서 또다시 나를 지켜보는 것 같은 눈이 보였다.

지금 들켜서는 절대 안 된다. 혹시 누군가 푸티니 형제를 위해 나를 감시하는 건 아닐까?

물론 안시올리니 씨가 푸티니 형제와 친구일 가능성은 없어 보이지만, 그 녹색 커튼 뒤에 숨어 있는 악의적 존재는 그럴 수도 있다. 누가 알겠는가?

나는 마치 전문적인 정의의 집행자처럼 벽에 바짝 붙어 걸었고, 마침내 끔찍한 푸티니 형제의 아파트 입구에 다다랐다.

푸티니 형제의 집 초인종을 직접 누르는 것은 절대 불가능했다. 그래서 바로 오른쪽 집인 팔키 씨 댁이나 바로 윗집인 자차레티 씨 댁 중 어느 초인종을 눌러야 할지 한참 고민하다가, 우선 팔키 씨 댁 초인종을 눌러 봤지만 아무도 응답하지 않았다. 자차레티 씨 댁은 아마 귀가 잘 들리지 않는 아주머니가 사는 것 같았다. 왜냐하면, 꽤 오래 기다리기도 했고 큰소리로 외치는 목소리가 들렸기 때문이다.

"누구세요? 아무것도 안 사요!"

나는 가능한 한 예의 바른 목소리로, 마치 선생님에게 인사하거나 할머니, 할아버지 친구들에게 새해 인사를 드릴 때처럼 말했다.

"안녕하세요, 아이스크림 가게에서 전단지를 나눠드리고

있어요. 이제 저희가 집으로도 배달해 드립니다. 대문 좀 열어주실 수 있을까요?"

"메리지오 씨, 빨래는 마음대로 하셔도 돼요, 집 안에서는 아무 소리도 안 들려요!"라는 말에 나는 희망이 없다는 걸 깨달았지만, 한 번 더 큰 소리로 시도해 보았다.

"아니에요, 아주머니. 저는 아이스크림 가게 전단지를 돌리고 있어요. 대문 좀 열어주시겠어요?"

그러자 아주머니가 대답했다.

"미안하지만, 상자는 없어요. 어제 종이를 다 버렸거든요!"

나는 웃음이 나올 뻔했지만, 상황은 심각했다. 푸티니 형제가 언제라도 돌아올 수 있었고, 그 아주머니가 나와 대화한다고 해서 청력이 갑자기 좋아질 리도 없었으니까.

그 순간 팡고가 짖기 시작했고 상황은 더 나빠졌다. 그 건물 창문에서 하나둘씩 사람들이 고개를 내밀고, 누군가가 내려와서 무슨 소란인지 물을 수도 있었다. 나는 뭐라고 대답해야 할지 몰라 쩔쩔매겠지. 그러면 그들이 내 상자를 열어볼 거고, 모든 계획이 시작되기도 전에 수포가 될 것이었다.

내가 떠나려던 순간, 산드로네가 장바구니 두 개를 들고 돌아왔다.

산드로네는 전에 아빠에게 컴퓨터 수리를 맡긴 적이 있어서 나는 그를 알고 있었다. 산드로네가 열쇠 구멍에 열쇠를 넣었고, 나는 그 순간을 최대한 활용하기로 결심했다. "걱정 마세요, 내가 문을 잡고 있을게요!"라고 말하자, 산드로네는 내 친절한 행동을 고맙게 여긴 듯 다른 건 물어보지도 않고 계단을 올라갔다. 잠시 기다린 뒤, 나는 재빨리 대문 안으로 들어갔다. 그리고 푸티니 형제의 우편함 아래 상자를 급히 놓아두고 팡고와 함께 서둘러 빠져나왔다.

우리는 단숨에 공원까지 엄청난 속도로 전력 질주했다. 너무나도 빠르게 달려서 육상 챔피언도 우리를 따라잡지 못했을 거다.

그런데 웬걸, 누군가 우리를 따라왔고 숨을 고르고 있을 때, 내 등 뒤에 뭔가를 겨누었다. 그리고 푸티니 형제 중 한 명의 목소리가 들렸다.

"뒤돌아보지 말고 걸어."

나는 너무 겁이 나서 바지에 오줌을 지릴 것만 같았고 차라리 소리치고 싶지만, 그럴 용기가 없었다. 나는 계속 걸으면서 이런 신문 기사를 상상했다.

'어린 소년, 강아지와 함께 실종. 공원에서 의심스러운 권총 발견.'

내 등에 겨눠진 것이 무엇이든, 그것은 분명히 권총일 거로 생각했다.

내가 아직 살아있다는 걸 깨달은 건, 온몸이 흠뻑 젖은 채서 내 앞에 있는 소녀를 보았을 때였다. 길고 파란 머리카락을 늘어뜨린 그 소녀는 나와 비

슷한 또래였는데, 손에는 이미 물이 다 빠진 물총을 들고 있었고, 거의 전염될 것 같이 웃고 있었다. 그리고 팡고는 소녀의 팔에 안겨 마치 내가 안고 있는 것처럼 꼬리를 흔들고 있었다.

소녀는 웃음을 멈추고 말했다.

"겁났지? 그렇지? 아마 네 등 뒤를 봐줄 누군가가 필요할 걸."

내가 대답할 새도 없이 소녀는 꽝고에게 간지럼을 태우며 말을 이어갔다.

"네 눈 두 개보다 네 개가 더 낫지! 내가 자원할게. 하지만 한 가지 조건이 있어. 나를 위해서도 상자를 하나 배달해 줘. 그리고 참, 난 마틸다야."

"나는 네가 무슨 말을 하는 건지 모르겠어." 나는 모르는 척하며 말했다.

그러자 마틸다가, "다 알아, 며칠 동안 널 지켜봤거든. 사진도 있어."

나는 정말로 놀랐지만, 들키고 싶지 않았다.

"대단하다, 너 진짜 스파이 도구 키트를 가지고 있구나."

"그럼!" 마틸다가 확신에 찬 목소리로 말했다.

"쌍안경, 사진기, 그리고 슈퍼 줌까지. 푸티니 형제들이 이걸 알면 기뻐할 걸⋯."

"알았어, 네가 이겼어! 누구한테 복수하고 싶은데?"

"이름은 피오레티, 우리 아빠한테 집세를 절대 안 내거
든!"

5장

정의는 대가를 요구하지 않는다

나는 내 새로운 동업자이자 친구인 마틸다에게 결국 이야기해야 했다. 피오레티 씨는 우리 아빠고, 나는 아빠와 함께 살고 있으며, 나도 진작 그를 수신자 목록에 넣고 싶었지만 나한테 득이 되지 않는다는 것을. 또 내가 직접 마틸다의 아빠에게 집세를 전달했지만, 마틸다는 창문에서 나를 감시하느라 그걸 알아채지 못했을 거라고 말했다.

마틸다는 자신의 실수에 조금 당황했지만, 마틸다의 아빠가 얼마 전에 직장을 잃었고 지금이 어려운 시기라고 설명했다. 그래서 집세가 제때 들어오는 것이 중요하다고 했다.

집세가 제때 들어오지 않으면 아빠는 신경질적이고 다루기 힘든 사람이 된다고 했다. 마틸다는 그런 상황에 지친 상태였다.

안시올리니 씨는 신발 공장에서 일하던 노동자였는데, 어느 날 사장이 직원 80명 모두를 합친 것보다 훨씬 더 빠른 기계를 두 대 사들인 후, 하루아침에 조카 한 명만 남기고 모든 직원을 해고해 버렸다. 이제 그 조카는 기계 버튼만 누르면 된다.

우리는 그 일이 진정한 불의였다는 데 의견을 모았다. 유일한 해결책은 '똥 익스프레스(우편으로 보내는 똥)'로 행동하는 것이라는 데도 동의했다. 마틸다는 '똥 익스프레스'가 공공 서비스가 되어야 한다고 확신했다.

마틸다는 자기 별자리가 이번 여름에 정의와 관련한 사람을 만날 거라고 예언했다고 했다. 그 사람이 바로 나, 비밀 정의의 집행자 테오 일지도 모른다!

마틸다는 만약 고객이 많아지면 내 방이 실험실로 충분하지 않을 테니, 내가 원한다면 마틸다네 집 차고를 기지로 사용할 수 있게 해준다고 했다. 아마도 광고의 일일 기여(똥)도 부족해질 가능성이 크다. 우리는 이제 진짜 창의력을 발휘해서 더 많은 원재료를 확보할 방법을 찾아야 할 것이다.

나는 정말로 비밀 정의의 집행자가 될 준비가 되었는지 스스로에게 물었고, 대답은 '그렇다'였다. 그것이 바로 나의 사명이었다.

마틸다와 내가 처음부터 의견이 맞지 않았던 유일한 부분은 대가에 대한 문제였다. 내 새로운 파트너는 우리가 서비스에 대해 돈을 받아야 한다고 생각했지만, 나는 반대했다.

정의의 집행자는 그 대가로 보상을 요구하지 않는다. 배트맨이나 슈퍼맨이 "5유로입니다, 감사합니다!"라고 말하는 걸 들어본 적 있는가?

진정한 정의의 집행자들은 무료로 일한다. 그게 사명의 일부다. 그렇지 않으면 오직 부자들만 이 서비스를 이용할 수 있을 테니까.

이 아이디어는 내 것이며 이미 내가 등록했으므로, 최종 결정은 내가 내렸다. 이 서비스는 모두를 위한 것이고 무료로 제공할 것이다.

하지만 여전히 남아있는 현실적인 문제는 '어떻게 사람들에게 우리의 활동을 알릴까?' 그리고 '어떻게 하면 눈에 띄지 않게 고객과 수취인 정보를 교환할 수 있을까?'이다.

마틸다는 도시 곳곳에 전단지를 붙이고 그 아래 상자를 두는 방법을 제안했다. 전단지에는 이용 방법을 적고, 고객들이 그들의 불의의 집행자(우리 엄마와 사전에 반기를 드는 표현이지만)의 연락처를 바로 상자에 남기도록 하는 방식이다.

지금은 이것이 가장 적당한 생각처럼 보였다. 하지만 아마도 처음에는 두 곳의 수집 장소만으로 시작하는 것이 나을 것이다. 그렇게 하면 더 철저하게 관리할 수 있을 테니까 말이다. 이제 남은 건 전단지에 들어갈 내용을 작성하는 것뿐이다.

친애하는 미래의 고객께,

혹시 아직 되갚지 못한 불의를 마음속에 간직하고 있나요?

누군가가 정말 큰 잘못을 저질렀는데, 어떻게 그들에게 알릴지 모르겠나요?

다음 상자에 복수하고 싶은 사람의 주소와 그들에게 보내고 싶은 메시지를 남겨주세요.

다음 목록에서 원하는 형태를 선택하시면, 저희가 정성껏 포장해 익명으로 대신 보내드리겠습니다.

쿠키: 소량의 장식된 똥(작은 불의에 대한 응징)

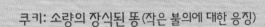

머핀: 중간 크기의 장식된 똥(일반적인 불의 또는 중간 크기의 불의에 대한 응징)

눈사태 케이크: 대량의 장식된 똥(큰 불의 또는 아주 큰 불의에 대한 응징)

'똥 익스프레스'를 믿으세요, 모든 불의에 꼭 맞는 응답을 준비해 드립니다!

우리는 집 근처 광장에 있는 카페 바로 앞에 전단 하나를 붙였고, 다른 하나는 공원 입구 쪽에 붙였다. 각 전단 아래에는 넉넉한 크기의 상자를 두었는데, 우리는 상자가 채워지기만을 기다렸다.

우리는 복수용 상자의 이름을 영어로 썼는데, 마틸다는 그게 더 국제 시장에 쉽게 진출할 방법이라고 생각했다. 그녀가 그렇게 말했으니 믿기로 했다!

나는 카페에서, 마틸다는 공원에서, 첫 손님들을 관찰하기로 했다. 나는 전단지에서 눈을 떼지 않고 집중했다. 어떤 사람들은 전단지를 읽고, 호기심을 보였으며, 또 어떤 사람들은 사진을 찍었다. 어떤 사람이 세 번이나 아무 일도 아닌 척 지나가다가, 마침내 첫 번째 쪽지를 상자에 살짝 떨어뜨리고 갔다.

그다음에 내 또래로 보이는 아이가 다가와 처음엔 웃음을 터뜨리더니, 곧 작은 종이를 꺼내 뭔가를 쓰기 시작했다.

두 명의 고객이 많은 건 아니지만, 첫날치고는 꽤 괜찮은 성과였다. 다만, 광고의 모든 기여(똥)에도 불구하고 들어오는 요청을 다 처리할 수 있을지 걱정되었다. 우리는 더 많은 원재료를 확보해야만 했고, 그 방법은 여전히 미궁 속이었다.

마틸다가 공원에서 돌아왔는데, 쪽지 대신 지금까지 내가 본 사람 중, 키가 가장 큰 사람을 데리고 왔다. 그는 환경미화원인데, 지금 마틸다에게 파란 머리에 대해 질문을 잔뜩 퍼붓고 있다.

"오늘 밤 파티가 있는데, 네 머리처럼 염색해 주면 돈을 낼 게! 제발 부탁이야~."

"돈은 필요 없어. 하지만 남는 진파랑 염색약은 내가 가질 게."

"좋아, 거래 성사!"

그녀는 열정적으로 외쳤다. 우리는 그녀의 이름이 올리비아라는 걸 알게 되었다.

미용용품 가게에 도착했을 때, 강아지를 데리고 들어갈 수 없어서 나는 팡고와 함께 밖에서 기다렸다. 올리비아의 머리카락은 아주 짧았지만, 그는 '진파랑' 염색약 튜브가 다섯 개나 든 봉투를 들고 나왔다.

마틸다가 내 귀에 대고 속삭였다.

"반만 써도 될 걸."

내 새로운 동업자는 정말 사업 감각이 뛰어나다.

우리는 마틸다의 집으로 갔다. 그곳은 온통 그림으로 가득했다. 그림은 모두 파스텔 색조로 칠해졌고, 동물 가족이 인간처럼 사는 모습을 그리고 있었다. 현관에는 강아지를 주제로 한 세 개의 그림이 있었는데, 제목은 '강아지 신문', '아침 식사로 베이컨!', 그리고 '둘을 위한 뼈다귀 한 개'였다. 내가 가장 마음에 든 그림은 '강아지 신문'이었다. 책상에는 쿠키가 가득 담긴 그릇이 있고, 그 사이에서 팡고와 아주 많이 닮은 강아지가 뼈다귀를 입에 문 채 낡은 타자기를 두드리는 모습이 그려져 있었다.

마틸다가 방에서 올리비아의 머리카락을 염색해 주는 동안, 나는 쪽지들을 훑어보았다.

이렇게 해서 나를 '비곗덩어리'나 '눈먼 두더지'라고 부른 대가를 치르게 될 거야.

P.S. 넌 내가 누군지 절대 알지 못할 거야, 너는 네가 아는 사람 대부분을 그렇게 부르니까.
(페데리코 사쏘에게, 눈사태 하나, 쟈르디니로 14z)

너는 내 마음을 부숴버렸어.
네게는 마음이란 게 없지, 아니 사실 너도 마음은 있지, 하지
만 그건 똥 같은 마음이야.
(발렌티노 스카모르차에게 머핀 하나, 레아미로 2근)

쪽지들을 읽는데 올리비아의 목소리가 들렸다.

"난 개똥 안 치우는 사람들 정말 싫어. 진짜 최악이야."

그때 안시올리니 씨가 집에 들어왔고 이윽고 큰 소리로
말했다.

"마틸다, 무슨 일을 벌인 거니? 왜 욕실 세면대가 온통 파
랗지?"

나는 올리비아 뒤로 숨으려고 했지만, 팡고가 짖는 바람
에 안시올리니 씨가 나를 보게 되었다.

"안녕, 꼬마야. 숨으려고?"

"안녕하세요, 안시올리니 아저씨. 이제 가려던 참이었어
요!"

"저녁 먹고 갈래? 내가 피자를 사 왔는데 나랑 마틸다가

먹기에는 너무 많구나."

올리비아는 바로 승낙했다. 게다가 아직 머리에 파란 염색약이 발려 있어서 어디 갈 수도 없었다.

마틸다는 내가 당황하고 있는 걸 눈치 챘지만, 상황을 더 악화시켰다. "테오가 부끄러워하지만, 피자를 엄청나게 좋아해요."

안시올리니 씨가 나에게 전화기를 건네며 말했다. "집에 전화해서 알려드리렴."

"아빠, 나 새 친구 마틸다네서 저녁 먹고 갈게요. 네, 안시올리니 아저씨 딸이에요. 이따 봐요!"

나는 안시올리니 씨를 좀 더 알고 싶다는 호기심이 생겼다. 그는 아주 다정한 사람이었고, 심지어 광고를 위해 미트볼까지 만들어주었다.

저녁을 먹는 동안 올리비아는 자신이 해본 모든 일에 대해 이야기했다.

"애니메이터도 했고, 과일 수확자, 아이스크림 가게 직원,

식물 관리사, 요가 강사, 메이크업 아티스트, 그리고 타로 점술가까지 해봤어."

식사 후, 올리비아는 파티에 가기 위해 우리와 인사를 나눴다.

"언제 또 보자. 난 매일 아침 8시부터 12시까지 공원에서 일해. 그러니까 놀러 와!"

올리비아는 자기 머리 색깔을 매우 마음에 들어 했지만, 내 눈에는 마치 블루베리 같았다. 하지만 나는 아무 말도 하지 않았다. 대신, '원재료'를 구할 수 있는 기막힌 아이디어가 떠올랐고, 올리비아가 우리를 도와줄 수 있을 거로 생각했다.

나는 고객들의 쪽지를 마틸다에게 보여주었다. 내일 우리는 먼저 마틸다 아빠의 상사에게 눈사태 케이크를 보내고, 그다음에 첫 고객들을 처리할 예정이다.

집에 돌아와 문을 열려는 순간, 익숙하면서도 동굴 속 원시인 같은 목소리가 들렸다.

"그걸 창문 밖으로 던졌다고요. 우리는 3층에 살아요. 어제 무슨 소포를 받았는데…."

또 다른 목소리가 끼어들었다.

"아르만도, 다 말할 필요는 없어. 그러니까 그거 고칠 수 있어요, 없어요?"

좋은 소식: 눈사태 케이크가 효과를 발휘했다.

나쁜 소식: 그 끔찍한 푸티니 형제가 우리 집에 와 있다.

6장

형제 악당과 맞닥뜨리다

푸티니 형제가 집 안에 있는 한, 집에 들어가는 건 좋지 않다. 나는 조용히 문을 닫고, 한 층을 더 올라가서 그들이 떠나기를 기다리기로 했다. 완전한 어둠 속에서 말이다.

가볍고 다리가 셋 이상 달린 무언가가 내 뺨을 스쳐 지나갔고 나는 비명을 지를 뻔했지만, 간신히 참았다. 급히 고개를 돌려보니 거대

한 거미줄이 흔들거리고 있었다.

광고가 아래층으로 내려가려고 나를 끌어당겼는데, 나는 그가 푸티니 형제를 물려고 하는 것인지, 아니면 우리가 계단에 앉아 있는 이유가 궁금해서인지 알 수가 없었다.

"컴퓨터는 엄마랑 같이 와서 찾아가, 알았지?"

아빠가 문을 열며 하는 말이 들려왔다.

"엄마가 같이 올 것 같지 않은…." 아르만도의 목소리인 것 같았다.

"얼마나 더 떠들어댈 거야, 아르만도. 우리 컴퓨터 조심해 주세요, 천재 아저씨."

우리 아버지를 '천재'라고 부를 생각을 하는 사람은 오직 디에고 푸티니뿐이다.

아빠가 현관문을 닫고, 푸티니 형제가 대문을 열자마자 나는 일어났다. 광고는 늘 그렇듯이 이럴 때 딱 맞춰 도둑이 제 밥그릇을 훔쳐 가기라도 한 것처럼 짖어댔다. 두 형제가 되돌아왔고, 나는 다시 계단을 올랐다. 광고는 계속 짖어댔고, 푸티니 형제는 우리를 쫓아왔다.

"저기 그 개새끼가 있잖아, 그 멍청이랑 같이 있는 게 틀림

없어!"

동생이 위협적인 목소리로 말했다.

6층을 더 올라가니 계단이 끝났고, 푸티니 형제의 발걸음이 점점 더 가까워지고 쿵쿵거렸다.

유일한 탈출구는 옥상 문이었다. 문을 열자 강한 바람이 몰아쳐 거의 넘어질 뻔했다. 팡고는 더 이상 짖지 않았다. 우리는 널어둔 침대보 뒤에 몸을 숨겼다.

푸티니 형제는 우리를 찾기 위해 흩어졌고, 그중 한 명은 손전등을 들고 있었다. 나는 앞에 널린 침대보에 비친 거대한 그림자를 보고 움찔했다.

그건 내 그림자였다. 그들이 나를 찾은 것이다. 나는 재빨리 움직여 내 그림자 바로 옆에 나타난 푸티니 형제 중 한 명의 그림자로부터 멀어지려고 했다. 나는 그의 팔이 나를 향해 뻗는 것을 보고 재빨리 몸을 낮췄다.

두 발짝 더 내디뎠을 때 그가 나를 잡을 뻔했지만, 갑자기 "디에고, 아르만도, 너희들 뭐 하는 거니? 당장 집으로 들어가! 어서!"라는 목소리가 울려 퍼졌다. 만약 디에고의 목소리가 네안데르탈인의 목소리라면, 이 목소리는 마치 사나운

짐승이 내는 소리가 동굴 속에서 울려 퍼져 나오는 소리 같았다.

푸티니 형제의 엄마가 내 목숨을 구해준 게 틀림없다. 나는 완전히 안전하다고 확신할 때까지 10분 정도 더 기다렸다가 아래로 내려갔다.

집에 도착하니 아빠가 나를 놀라게 했다.

"도대체 어디 갔다 온 거야? 걱정했잖아. 마틸다한테 가서 물어봤는데, 마틸다도 네가 어디 있는지 모르겠다고 해서 나랑 같이 찾으러 왔어. 그런데 마틸다는 대문 안으로 들어온 뒤 보이지 않는구나! 너는 어디 있었던 거니?"

"옥상에서 별을 보고 있었어."

아빠는 내 대답을 그리 믿는 것 같지는 않았고, 멍청이 아줌마는 더 그랬다. 그녀는 형광 오렌지색 아이스크림 세 컵을 들고 거실로 들어왔다.

"이거 당근 아이스크림이야! 참, 아까 디에고랑 아르만도가 여기 왔었어."

"웩! 걔네가 왜 왔어요?"

나는 먹고 싶지도 않았던 아이스크림을 집어 들며 대답했다.

"네 아빠에게 자신들의 컴퓨터를 고쳐 달라고 왔어. 그런데 동생이 어떤 상자를 받고서는 그걸 창밖으로 던져버렸대. 다른 건 몰라. 그런데, 테오, 너는?"

멍청이 아줌마가 마치 내가 뭔가 알고 있다는 듯 의심스러운 눈빛으로 나를 보며 물었다. 나는 화제를 바꾸려고 일부러 찐득한 오렌지색 아이스크림을 맛보는 척했다.

"정말 맛있어요. 이게 내 새로운 최애 맛이에요. 당근만 들어간 거죠, 네?"

멍청이 아줌마는 더 이상 캐묻지 않았고, 나는 아이스크림을 다 먹을 필요가 없다는 판단이 섰다.

"냉장고에 넣어뒀다 내일 먹을게요. 자러 갈래요. 아무도 먹지 마세요, 절대!"

광고는 총총거리며 자기 침대로 걸어가 대여섯 바퀴쯤 빙빙 돌더니 몸을 동그랗게 말고 잠들었다.

나도 광고처럼 잠들고 싶었지만, 푸티니 형제 생각이 자꾸 나서 한동안 잠이 오지 않았다. 그들이 그 상자를 나와 광고와 연결 지었을지도 모르고, 혹시 거리의 전단지를 봤을지도 몰랐다. 분명한 건 푸티니 형제가 여전히 사람들과 강아지들을 사냥감처럼 쫓아다니고 있다는 사실이었다.

나는 최소한 내가 필요한 모든 똥을 모을 훌륭한 방법을 찾았다는 확신 속에서 위안을 찾으며 잠이 들었다.

잠깐 잠든 것 같았는데 벌써 아침이 밝았고, 나는 최악의 방식으로 잠에서 깼다.

"디에고, 아르만도, 당장 집으로 돌아가!"

이건 악몽이야, 푸티니 형제의 엄마가 여기 있을 리가 없어. 나는 슬리퍼를 신고 까치발로 조용히 부엌으로 갔다.

마틸다가 나를 만나러 왔는데, 멍청이 아줌마가 그 애를 맞이하며 아침 식사를 함께 하자고 했다.

"안녕, 테오도로 피오레티."

마틸다는 푸티니 형제의 엄마 목소리로 나에게 인사했다.

"그러면 그게 어제 너였구나!"

나는 눈과 입을 한꺼번에 크게 뜨며 외쳤다.

"푸티니 형제뿐만 아니라 그들의 엄마 흉내도 낼 줄은 몰랐어."

"푸티니 형제뿐만 아니라 그들의 엄마 흉내도 낼 줄은 몰랐어."

마틸다는 무서울 정도로 내 목소리를 똑같이 흉내 내며 나를 따라 했다.

"너 정말 무서워!"라고 말하며 나는 아침 식사를 하려고 식탁에 앉았다.

"그런데 어제 왜 푸티니 형제들이 계단에서 너를 쫓아왔을까?"

멍청이 아줌마는 이제는 의심하는 수준이 아니라, 아예 내가 뭔가를 숨기고 있다고 확신하는 표정으로 물었다. 나는 마틸다를 노려본 후, 천진난만한 표정으로 반쯤은 진실인 말을 우물거렸다.

"모르겠어요. 내가 광고를 구한 이후로 나한테 앙심을 품은 것 같아요. 이제 가야 해요. 광고가 산책해야 하거든요. 빨리 가자, 마틸다!"

그러자 마틸다가 레몬 케이크를 반쯤 입에 욱여넣으면서 말했다.

"근데 이 레몬 케이크 정말 맛있어!"

"빨리 가자, 오늘 올리비아가 분리수거하는 거 돕기로 했잖아, 기억 안 나?"

"정말?"

마틸다가 믿을 수 없다는 듯 물었다.

"당연하지."라고 대답하며 나는 마틸다를 문밖으로 밀어
냈다.

7장

정의의 집행자가 되기 위하여

"올리비아가 우리에게 분리수거를 도와달라고 한 게 정확히 언제였더라？"

마틸다가 내게 물었다.

"올리비아는 그런 부탁을 한 적이 없어. 하지만 우리는 자연을 사랑하니까 도와줄 거야!"

"오늘 기온이 40도야, 자연을 사랑하기엔 좀 과하지 않아？ 게다가 우리 할 일도 있잖아. 나는 차라리 차고에 가서 기지를 정리하려고 했어."

"우린 원재료가 필요해! 팡고의 것만으로는 부족해."

나는 팡고의 아침 대변을 초록색 봉투에 소중히 담으며
대답했다.

"분리수거를 핑계 삼아 우리가 필요한 모든 똥을 모을 수
있을 거야."

"넌 역사상 가장 역겨운 악당 천재야."

마틸다가 눈에 띄게 자랑스러워하며 내게 말했다.

우리가 공원에 도착했을 때, 올리비아는 귀에 이어폰을
꽂고 춤을 추며 리듬에 맞춰 쓰레기를 쓰레기통에 던지고
있었다.

"올리비아아아아아아아!"

올리비아는 우리가 세 번이나 소리쳐 부른 후에야 우리를
돌아보았다.

"안녕! 너희가 와서 정말 좋아!"

"청소하는 걸 도와줄게."

나는 꾸밈없이 순박하고 희망에 찬 표정을 지었다.

"좋아. 내가 자원봉사자 조끼를 줄게!"

올리비아가 큰 소리로 말했다.

"근데 작은 문제가 있어."

"무슨 문제?"

내가 곧바로 되물었다.

"그게 겨울용이라는 거야!"

올리비아는 양동이에서 '녹색
구역'이라고 적힌, 주머니가 잔뜩
달린 커다란 겨울 조끼 두 장을 꺼
냈다.

"하지만 주머니에 장갑, 작은 삽, 그리고
봉투가 들어 있어. 괜찮지?"

조끼에 더해 우리는 각자 작은 카트와 분리수거용 양동이
를 받았다. 마틸다와 나는 쓰레기를 줍기 시작했고, 그러면
서 이야기를 나눴다. 나는 마틸다에게 나의 침묵 파업에 관
해 이야기했다. 그러자 마틸다가 나에게 이렇게 털어놓았
다.

"나는 대신 눈물 파업을 하고 있어! 2년 동안 한 번도 울지
않았어. 근데 일부러 그러는 건 아니고 그냥 그렇게 됐어!"

나는 보통 사람이 그렇게 오랫동안 울지 않았다는 게 말
도 안 된다고 생각했지만, 사실 내 동업자인 마틸다는 꽤 터

무늬없는 사람이기도 했다.

30분 만에 우리는 온갖 것들을 주워 모았다. 지나가는 사람들이 우리를 보며 웃었다. 아마도 우리가 입은 조끼가 발목까지 내려와서거나 아니면, 우리가 땀을 너무 많이 흘려서 온몸에 기름이 칠해져 금방이라도 튀겨질 것 같이 보여서일 수도 있었다.

"너희 같은 아이들이 더 많았으면 좋겠구나."

80대 정도로 보이는 할머니 한 분이 우리를 가까이서 구경하려고 다가왔다. 마치 '신비한 동물'을 발견한 것처럼 말이다.

나는 사람들이 주로 영수증, 라벨, 신문지, 그리고 플라스틱 병을 길바닥에 버린다는 걸 알게 되었다. 하지만 가장 혐오스러운 건 담배꽁초나 과일 찌꺼기를 줍는 것이었다.

점심시간이 되자 우리는 모든 고객을 위한 충분한 '재료'를 확보했고, 이제 기지로 옮길 준비가 되었다. 먼저 집에 들러 상자와 장식품을 챙겼다. 그런데 마틸다가 마스크와 장갑을 사러 가자고 고집했다. 마틸다는 이런 상황에서는 위생이 매우 중요하다고 말했다.

우리는 안시올리니 씨의 전 상사를 위해 우아한 상자에 눈사태 케이크를 넣고 다음과 같은 쪽지를 써서 함께 넣었다. '당신, 큰일을 저질렀어! 부당하게 해고당한 모두를 대신해서 받아라!'. 또 다른 눈사태 케이크는 파란 상자에 담겨 페데리코 사쏘에게 보내졌는데, 그가 불량배일지라도 푸티니 형제에 비하면 아무것도 아니라는 생각이 들었다. 마지막으로 발렌티노 스카모르차를 위해 깨진 하트 모양 상자에 머핀을 넣었다.

각 소포 상자에는 발신자의 개인 쪽지와 우리 표준 구호인 '너, 큰 잘못을 저질렀어'를 넣고, 서명은 '비밀 정의의 집행자들'이라고 적었다. 세 개의 소포 상자는 우편을 통해 발송되었는데, 마틸다의 주장에 따르면 정신이 멀쩡한 사람이

71

라면 누가 보냈는지도 모르는 소포를 열지 않을 거라고 했다. 그런데 뭐라 설명할 수는 없었지만, 우체국을 나선 우리는 왠지 찜찜했다.

마틸다는 생각할 시간이 필요하다며 멀리 떨어졌다가 정확히 7분 30초 후에 돌아와서는 이렇게 말했다.

"우리가 상자를 여는 사람들 얼굴을 못 본다는 게 문제야. 그게 제일 재밌는 부분인데!"

사실 나는 디에고와 아르만도가 반짝이로 장식된 '똥'을 보고 어떤 표정을 지을지 정말 돈 주고라도 보고 싶었다.

　"분명히 우리 고객들도 자신들의 적들이 그걸 보고 어떤 표정일지 보고 싶어 할 거야."

　나는 완전 확신에 차서 말했지만, 사실은 아마 내가 뭘 말하려던 건지도 몰랐던 것 같다.

　"사진을 찍어서 도시 여기저기에 붙이자!" 마틸다가 다시 열정적으로 외쳤다.

　"그런데 어떻게…."

　내가 말끝을 채 맺기도 전에 우리 둘의 눈이 반짝 빛났고, 동시에 소리쳤다.

　"스파이 키트!"

　우리는 곧바로 전단지와 상자를 확인하러 갔다.

　사보타주(방해 공작)! 카페 근처에 있던 전단지가 떼어졌고, 상자는 흔적도 없이 사라졌다. 하지만 공원에 붙인 전단지는 그대로 남아 있었고, 상자 안에는 새로운 쪽지 세 장이 들어 있었다.

친애하는 페르페티 선생님, 저희는 선생님을 너무 싫어해
요. 선생님 때문에 오해(올해)도 낙제했어요. 선생님이 이탈
리아어에 극점을 줘서(준) 2명 중 1명이에요. 이탈리아어
를 모르는 건 선생님 탓이고, 선생님은 저희에게 배우게 할
수 없어요. 직업을 바꾸세요! 저희는 학교(학교)를 옮길 거
예요, 더는 선생님을 보고 십지(싶지) 않거든요. 진심으로
증오를 담아, 선생님의 전 제자들(염소들).
(아말리아 페르페티 선생님께 보내는 눈사태 케이크, 다미
코로 44g)

최고의 친구는 거래 카드처럼 교환하는 게 아니야. 최고의
친구는 영원해!
(가이아 카펠레티에게 보내는 눈사태 케이크, 아나트레로 44g)

74

세르지오 파뇨치의 부모님께, 이 소포는 항의의 표시입니다. 매주 학교 입구에서 당신들의 아들이 우리에게 2유로씩 달라고 합니다. 우리는 어쩔 수 없이 세르지오에게 돈을 줘요. 파뇨치 아저씨, 그렇지 않으면 프로 권투 선수인 아저씨가 우리를 때리게 할 거라고 해서요. 파뇨치 아주머니, 아주머니의 핏불(맹견)들이 1년 동안 굶주려 있어 우리를 먹어치울 거라고도 얘기합니다. 제발 무언가 조처를 해주세요, 마월은 금방 옵니다! 서명: 세르지오 파뇨치를 제외한 모나케티 초등학교 5학년 3반 전체

(파뇨치 가족에게 보내는 눈사태 케이크, 피에돌리니로 336)

한 가지는 확실하다. 눈사태 케이크가 큰 인기라는 거다.

"난 파뇨치 씨를 직접 만나고 싶지는 않아."

내가 말했지만, 마틸다는 첫 번째 쪽지에 집중하고 있었다.

"테오, 이거 진짜 엉망진창으로 썼잖아. 그 선생님이 애들을 낙제시킨 게 그렇게 잘못된 건 아닐 수도 있어, 안 그래?"

"만약 선생님도 이렇게 글을 썼다면 어쩔 건데?"

나는 고객들을 변호하듯 반박했다. 하지만 마틸다는 단호했다.

"조사해 보자. 우리가 직접 가서 상자를 전달하자!"

"네가 분명히 정신 멀쩡한 사람이라면 누구한테서 온 건지 모르는 소포를 열리가 없다고 하지 않았어?"

나는 의심스러운 눈빛으로 마틸다를 바라보며 물었다.

"우리가 전문 배달원 복장을 하고 직접 배달하면 열어볼 거야!"

마틸다는 확신에 찬 목소리로 반박했다.

"근데 그 전문 배달원 복장을 가진 사람이 있겠어?"

이번에도 내가 말을 다 끝내기도 전에, 우리는 서로 눈을 맞추며 동시에 외쳤다.

"올리비아!"

8장

불의와 정의에 대하여

"배달원은 안 돼! 내가 얘기했잖아, 내가 해본 건 아이스크림 가게 직원, 식물 관리사, 요가 강사, 메이크업 아티스트, 타로 점술사…."

"이건 생사가 걸린 문제야."

올리비아가 자신의 아르바이트 목록을 끝없이 읊어대자, 마틸다가 중간에 끼어들어 말을 잘랐다.

"우리한테 내일까지 전문 배달원 유니폼이 필요해."

"너희 둘은 항상 운이 좋다. 내 남자 친구가 배달원이거든. 레아미로에 살아. 내일 내가 일을 마칠 때쯤 공원으로

와.”

마틸다가 전화를 끊고 나한테 하이파이브를 하며 말했다.

“난 샤워하러 갈 거야, 지금 스위스 염소 여덟 마리 냄새가 나거든.”

그러더니 킁킁거리며 내 냄새를 맡고는 이어서 말했다.

“너도 그러는 게 좋을 걸, 금쪽같은 테오야.”

“우리 엄마만 날 그렇게 부르거든. 정말 짜증 나.”

“너야말로 짜증 나. 내일 봐.”

마틸다는 그렇게 인사하고는 사방으로 머리카락을 휘날리며 사라졌다.

“염소들은 다 똑같은 냄새 나는 거 아니야?” 나는 뒤에서 소리쳤지만, 그녀는 대답하지 않았다.

나는 가끔 마틸다를 이해할 수가 없다.

집에 돌아오니 아빠가 멍청이 아줌마의 캥거루 모양 앞치마를 두르고 거대한 달걀 두 개로 프리타타(이탈리아식 오믈렛)를 준비하고 있었다.

“타조 알이야.”

아빠의 여자 친구 멍청이 아줌마가 알려주었다.

"그 두 녀석의 컴퓨터는 내가 고쳤어," 아빠가 말했다.

"그런데 당신은 특별한 건 못 찾았지."

멍청이 아줌마는 뭔가 특급 비밀을 들키지 않길 바라는 사람처럼 두 눈을 크게 뜨고 덧붙였다.

"엄청나게 큰 프리타타가 나올 거야!"

아빠가 화제를 돌리려는 듯 어색하게 외쳤다.

나는 아빠가 푸티니 형제의 컴퓨터에서 무엇을 찾았는지 꼭 알아내고 싶었다. 그렇지만 너무 관심을 보이면 안 될 것 같았다.

"거기서 찾을 게 뭐 있겠어요! 동물을 괴롭히는 매뉴얼이라도 나왔겠지."

"정확해."

아빠가 내 말을 끊으며, 아들이 마법 능력을 갖췄거나 그의 생각을 읽기라도 한 듯 믿기지 않는다는 표정을 지었다.

"자기야!!!"

멍청이 아줌마가 화를 내며 아빠를 꾸짖는 목소리로 말했다. 평소에 사람들이 아빠에게 말하는 그 전형적인 어조로 말이다.

"봐봐, 이 거대한 프리타타를 공중에서 뒤집어버리겠어. 하나, 둘, 셋, 올레!"

프리타타가 바닥으로 떨어졌다.

"자기야!!!"

멍청이 아줌마가 아까보다 훨씬 더 꾸짖는 목소리로 다시 소리쳤다.

그때 곧장 프리타타를 향해 달려든 건 다름 아닌 팡고였지만, 다행히도 프리타타는 바로 치워졌다. 팡고는 이미 당근과 감자를 곁들인 고기 한 그릇을 깨끗이 먹어 치운 터라, 타조 알 프리타타까지는 좀 과할 뻔했다. 팡고는 튼튼하고 강하게 자라고 있다. 귀가 너무 길어서 고개를 숙이면 땅에 닿고, 커다랗고 진지한 눈은 생각이 깊은 사람의 눈처럼 보인다.

팡고는 없어선 안 될 사업 동료일 뿐만 아니라, 이제는 믿음직한 친구가 되었으며 우리는 떨어질 수 없는 사이다. 정말 진심으로 바라는 건, 엄마(일명 적극적인 망치형 불의의 집행자)가 돌아와서 팡고의 존재에 반대하지 않는 거다. 만약 그렇지 않으면, 난 아예 아빠 집으로 이사해야 할지도 모르니까.

어쩌면 내가 정말 마법의 힘을 가진 걸까? 전화가 울렸고, 다름 아닌 그 적극적인 망치형 불의의 집행자였다.

"테오, 내 사랑! 뭐 하고 있니? 잘 지내지? 엄마 보고 싶지 않아? 엄마는 네 생각이 많이 났어!"

"응, 나도 알아," 나는 약간 비꼬며 말했다.

"나 잘 지내고 있어요. 새로운 친구도 만났어. 마틸다라고 해. 아빠가 방금 타조 알로 만든 프리타타를 바닥에 떨어뜨렸어!"

"테오, 이제 다시 말하기 시작했구나! 우리 아들 최고야. 모든 것에 주의하고 조심하겠다고 약속해 줄래?"

"아니요."

"너한테 말했던 깜짝 선물 기억나? 힌트 하나 줄까, 아니면 필요 없니?"

"물론 필요하죠!"

나는 호기심 가득한 목소리로 대답했다.

"흰색과 검은색이야."

엄마가 전화기 너머에서 웃고 있었다.

"테오라고 적힌 화이트초콜릿과 다크초콜릿이 섞인 엄청나게 큰 초콜릿이에요?"

"아니, 오늘의 마지막 시도였어. 그리고 네 아빠한테 널 좀 챙기라고 전해줘!"

"물론이요, 꼭 전할게요."

"자전거 조심해서 타, 알겠지?"

"자전거는 누가 훔쳐 갔어요, 그러니까 걱정 안 해도 돼!"

"아, 다행이다! 아니, 미안. 안 됐네. 누가 그랬어?"

"형제 둘이요. 덩치 크고, 못됐고, 아주 위험해요!"

"네 친구들이야? 너 도대체 어떤 아이들이랑 어울리는 거야? 테오오오오, 조심해!"

엄마는 반쯤 절망한 목소리로 말했다.

"당장 아빠 바꿔줘! 곧 다시 통화하자. 착하게 지내, 금쪽 같은 내 아가 테오!"

"엄마도요! 아빠아아아아아아!!!"

전화를 아빠에게 넘기고, 나는 다시 부엌으로 돌아갔다.

멍청이 아줌마가 샐러드에 드레싱을 뿌리면서 말했다.

"난 아직도 팡고에게 일어난 일이 잊히지 않는구나. 하지만 시간이 좀 필요해. 푸티니 형제들의 상황이 복잡하거든."

"어떤 의미에서요?"

"그러니까…. 그 애들이 겪는 많은 문제가 그들 잘못이 아니란 뜻이야. 그 아이들은 자제력이 부족하고, 아주 화가 많이 나 있어."

"누군가 그 애들에게 부당하게 대했나요?"

"세상이 그 애들에게 부당하게 굴었지. 더 알게 되면 이야기해 줄게."

멍청이 아줌마는 늘 나를 놀라게 한다. 가끔은 '멍청이'라고 부르는 걸 그만둬야 할까 싶다. 왜냐하면 그녀는 생각보다 더 똑똑할지도 모르니까.

푸티니 형제들에게 무슨 일이 있었던 걸까!

그리고 가장 중요한 건, 만약 푸티니 형제들조차도 불의의 피해자라면, 그들이 저지른 불의에 대해 내가 그들을 벌한 게 옳은 걸까?

팡고를 보면, 내가 한 일이 더없이 옳았다는 생각이 든다.

그들이 왜 그런 불의를 저질렀는지는 관심 없다. 하지만 여전히 궁금하다. 푸티니 형제들에게 무슨 일이 일어났던 걸까!!!

아빠는 저녁에 집에 돌아와서 다시 프리타타를 시도했고, 이번에는 완벽하게 만들었다. 배가 고파서였는지는 몰라도, 정말 맛있었다.

저녁을 먹고 나서 나는 아빠에게 같이 플레이스테이션을 하겠냐고 물어봤다. 푸티니 형제들의 컴퓨터를 몰래 살펴보려면 아빠의 관심을 다른 곳으로 돌려야 했다. 하지만 아빠는 "오늘 밤은 일을 해야 해, 테오. 내일까지 수리해서 배달해야 할 컴퓨터가 두 대나 있거든."이라며 거절했다.

그래서 난 샤워를 하기로 했다. 왜냐하면 지금 난 염소 여덟 마리만큼 냄새가 나거든. 스위스 염소가 아니라 그냥 염소 여덟 마리. 왜냐하면 내 생각엔 염소는 다 똑같은 냄새가 나니까.

9장

첫 번째 임무에 들어가다

나는 아침 일찍 일어나 팡고를 데리고 나가 잠시 산책을 하고 돌아와서 아빠가 일어나기 전에 푸티니 형제의 컴퓨터를 몰래 살펴볼 계획이었다. 하지만 아빠는 이미 일어나서 한 손에는 커피, 그리고 다른 손에는 크루아상을 들고 있었다.

"잘 잤니? 테오! 뭐 찾는 거라도 있니? 아침은 부엌에 차려져 있어."

아빠도 일찍 일어난 모양이었다. 나는 현장 검증 계획을 미뤄야 했고 그 대신 새로운 고객들에게 집중하기로 했다.

나는 마틸다네로 가서 초인종을 눌렀는데, 마틸다는 이미 집에 없었다. 나는 길에서 마틸다를 보고, 발걸음을 재촉해 따라갔다. 마틸다는 평소처럼 밝지 않았고, 내가 그걸 지적하자 마틸다가 말했다.

"항상 기분이 좋은 사람은 없어, 테오."

나는 푸티니 형제들에 대해 알게 된 것을 말해주려고 했지만, 마틸다는 내 얘기를 듣고 있지 않았다. 나는 낙제한 고객들과 페르페티 선생님에 대해 의논해야 한다고 했지만, 마틸다는 내 말을 끊었다.

"나중에. 지금은 나 혼자 조용히 슬퍼할래."

공원에 도착하자 올리비아가 책을 읽고 있었다.

"무슨 책이야?"

올리비아를 보자마자 내가 물었다.

"대학 시험공부 중이야."

"진짜?" 마틸다가 다시 세상에 관심을 보이며 외쳤다.

"무슨 공부?"

"의학이야. 아직 2년 남았고, 이후에 5년간의 전문 과정을 해야 해."

"그럼, 왜 여기 공원에서 일해?"

내가 물었다.

"공부하려면 돈이 많이 들거든." 올리비아가 한숨을 쉬며 대답했다.

"가자, 발렌티노가 기다리고 있어."

"발렌티노가 어디 산다고 했지?"

마틸다가 갑자기 중요한 게 기억났다는 듯 물었다.

"레아미로 92."

"발렌티노. 레아미로!" 내가 큰 소리로 외쳤다.

"헐, 이런 일이!" 마틸다가 소리쳤다.

"무슨 일이야?" 올리비아가 물었다.

"아무것도 아니야." 마틸다와 나는 서로 쳐다보지도 않고 동시에 대답했다.

30분 후 우리는 발렌티노 스카모르차의 집에 도착했다. 테이블 위에는 우리가 준비한 바로 그 멋진 깨진 하트 모양의 상자가 닫힌 상태로 놓여 있었다.

"너는 그 마녀 같은 베아트리체가 뭘 했는지 상상도 못 할 걸!"

발렌티노가 올리비아를 안으며 이렇게 말했고, 우리는 놀란 눈으로 그를 바라보았다.

"용기가 있다면. 그 상자를 열어봐. 난 정말 한참 웃었어, 정말이야."

상자를 열어본 올리비아는 소리를 지르며 곧바로 뚜껑을 닫았다.

"웩, 정말 역겨워!"

이거다, 이런 반응은 예상할 수 있었다. 하지만 발렌티노가 웃은 건 예상 밖이었다. 우리가 원했던 효과가 아니었다.

"나도 보낼 만한 똥이 좀 있을 거 같은데!" 발렌티노가 말했다.

"말도 안 돼!" 올리비아가 끼어들었다.

"근데 무슨 목적으로 이런 걸 만들어 보낼까? 너희는 어떻게 생각해, 얘들아?"

올리비아는 우리를 똑바로 쳐다보며 물었다.

"글쎄, 그건 상황에 따라 달라. 발렌티노, 베아트리체한테 무슨 짓을 했는데?' 내가 물었다.

"아무것도, 세 번 정도 만났어. 그러다 올리비아를 만나고 는 더 이상 연락 안 했지."

발렌티노가 아무렇지 않게 대답했다.

"사실 좀 과한 것 같긴 하지만, 어쩌면 네가 베아트리체의 마음을 아프게 했을지도 몰라!"

마틸다가 끼어들었다.

"맞아, 쪽지에 그렇게 쓰여 있었어."

발렌티노가 확인해 주었다. 나는 화제를 바꾸려고 했다.

"유니폼 고마워, 곧 돌려줄게."

"그냥 가져. 새것 몇 벌이 더 있어. 그걸 입으면 돼. 근데 이걸로 뭐 하려는 거야?"

"가면 파티."

마틸다가 서둘러 대답했다. 우리는 유니폼을 챙기고 고맙 다는 인사를 한 뒤 어떻게든 빨리 나올 핑계를 찾았다.

"집에 일찍 들어가야 해, 안 그러면 부모님께 잔소리 들을 거야!"

"그래, 그래야지!"

올리비아가 맞장구를 치며 우리를 따라오겠다고 고집했다. 집에 가는 내내 올리비아는 믿기지 않는다고 했다. 그리고 이렇게 해결하는 사람들은 용기가 없으며, 말하고 소통하려고 노력해야 한다는 둥 어쩌고저쩌고 끊임없이 떠들었다.

나는 어떤 사람들은 이야기를 들어주지 않고 나쁜 짓을 저질러서 벌을 받아야 하므로 정말로 대화가 안 된다고 말했다. 그러자 올리비아가 웃으며 말했다.

"그래서 그 똥이 그들을 벌 줄 거라고? 난 그렇게는 안 될 거로 생각하는데!"

집으로 가는 길에 우리는 공원을 지나갔고, 올리비아가 아까까지는 보지 못했던 우리의 전단지에 다가갔다.

"이걸 봐! 베아트리체가 직접 보낸 게 아니었어. '똥 익스프레스'라는 서비스가 있어. 정말 미친 짓이야! 너희들도 쪽지 하나 남기겠니?"

"아니, 아니…"라고 내가 말하려 했지만, 마틸다가 곧바로 말을 가로막고, "그래, 우리도 쪽지 남길래!"라고 말했다.

나는 어젯밤 멍청이 아줌마가 아빠를 보던 것처럼 눈을

동그랗게 뜨고 마틸다를 쳐다보았다.

"그런데 누구한테 보낼 거야?"

올리비아가 빈정대며 물었다.

"의사야, 바로 너처럼. 도움이 필요한 사람을 치료하지 못하는 무능한 의사!"

마틸다는 이렇게 외치고는 달려가 버렸다. 올리비아가 무슨 말이냐고 물었지만, 정말 몰랐기 때문에 진짜로 나도 매우 놀랐다고 대답했다. 올리비아에게 잘 가라는 인사를 하고 나는 팡고와 함께 차고로 향했다. 거기서 내 동업자 마틸다는 파뇨치 가족을 위한 '눈사태 케이크'를 준비하고 있었고, 그 위에는 2유로짜리 동전이 올려져있었다. 나는 마틸다에게 어떤 의사에 대해 이야기했는지 물었지만, 마틸다는 내 질문을 완전히 무시했다.

"이 배달원 유니폼은 너무 커. 하지만 내가 바느질할 줄 아니까 맞게 고쳐줄게. 입어 봐, 어서, 치수를 재게!"

우리는 맨 먼저 파뇨치 가족에게 배달을 가기로 했다. 우리 둘 다 생각이 일치한 건, 만약 거기서 살아서 나올 수 있다면, 그 이후에는 어떤 임무든 해낼 수 있을 거라는 점이었다.

마틸다는 자신의 '스파이 키트'를 가져오고, 나는 배달원 유니폼, '눈사태 케이크' 상자, 그리고 파뇨치 부인의 핏불의 시선을 돌릴 미트볼을 준비하기로 했다. 마틸다가 치수를 재며 말했다.

"소매 9cm, 다리 12cm라고 적어. 테오, 적고 있는 거니?"

"확실히 너 오늘 좀 이상해! 무슨 일인지 말해줄래?"

나는 다시 물었다.

"다음에 말할게. 지금은 나 좀 그냥 내버려둬 줘!"

10장

스무 개의 미트볼과 두 마리 맹견

나는 집에서 믿기 힘든 일을 해보기로 결심했다. 그렇다, 바로 멍청이 아줌마의 캥거루 모양 앞치마를 두르고 요리에 나섰다. 나는 미트볼을 대략 20개 정도 만들기로 했다. 엄마가 만드는 걸 자주 봤기에 자신이 있었다. 물론 부엌은 엉망이 되었지만, 미트볼을 꽤 잘 만들었다. 나는 미트볼을 태우지 않으려고 아빠에게 도움을 청했다. 아빠는 요즘 '멍한 숭어'에서

'호기심 많은 숭어'로 변했다.

"이렇게 많은 미트볼로 뭘 하게?"

"나랑 마틸다가 공원 가서 떠돌이 개들한테 먹이로 줄 거야."

"공원에 떠돌이 개는 없는데." 아빠가 말했다.

"있어, 얼마 전에 왔거든." 나는 아주 확신에 차서 대답했다.

"그럴 수도, 아무튼 다른 개를 집에 또 데려오지만 않으면 돼!"

어쨌든 아빠는 미트볼 20개를 태우지 않고 잘 구워줬다. 그중 10개는 광고를 위해 남겨두고 나머지 10개는 휴대용 용기에 담았다. '배고픈 핏불 두 마리를 상대하려면 맛있는 미트볼 10개 정도면 되겠지, 안 그래?'

아빠가 외출한다고 말하는 순간, 나는 운이 좋은 날이라는 걸 알았다. 나는 곧바로 아빠의 서재로 들어갔다. 푸티니 형제의 컴퓨터는 어디에도 보이지 않았다. 마침내 아빠가 절대로 내가 찾지 못할 거로 생각했을 만한 곳, 책장 가장 높은 선반에서 발견했다.

컴퓨터에서 '동물 괴롭히기 매뉴얼'이라는 파일을 발견했지만, 나는 그걸 볼 마음조차 들지 않아 무시했다. 대신에 'hate time'이라는 이름의 파일이 눈에 띄었다. 파일을 열자, 그 안에는 수십 개의 대화가 있었는데, 대화의 한쪽 끝에는 디에고_P라는 사용자가 있었다. 아마도 그건 디에고 푸티니를 의미하는 것 같았다. 그는 어떤 사람을 욕하고 있었는데, 내가 한 번도 들어본 적 없는 낱말을 쓰고 있었다. 상대는 마랄이라는 사람인데, 마랄은 대화 속에서 자신을 열심히 변호하고 있었지만, 디에고_P는 가차 없었다. 그는 마랄에게 자기 나라로 돌아가라고 하면서, 학교에서도 환영받지 못하고, 아무도 그와 함께 있고 싶어 하지 않는다고 썼다.

내가 그들의 대화를 읽고 있는데, 아빠가 돌아오는 소리가 들렸다. 나는 서둘러 컴퓨터를 닫고 제자리에 올려놓았지만, 아쉽게도 전원 끄는 걸 깜박했다. 아빠가 보시기 전에 배터리가 방전되기를 바랄 수밖에 없었다. 나는 서둘러 서재에서 나와 내 방에서 부엌으로 가는 척했다.

"나갈 준비해, 오늘 저녁은 카를라네 집에서 먹자. 팡고도 초대됐어!"

아빠가 거의 내 귀에 대고 소리치듯 말했다.

나는 예전 같았으면 그냥 조용히 있었거나 "카를라가 누구야?"라고 물었겠지만, 이번엔 바로 준비하러 갔다. 그렇다, 멍청이 아줌마의 진짜 이름은 카를라였다. 오늘 저녁엔 그녀가 버섯 라자냐(넓적한 판 모양의 이탈리아식 국수)를 준비했다고 한다.

카를라의 집은 식물, 책, 그리고 카펫으로 가득했다. 나는 카를라의 집을 둘러보다가 전 세계 개들을 도감처럼 정리한 삽화 책을 발견했다. 나는 그 책에서 광고가 세구지오 이탈리아노라는 사냥개 부류에 속하는 견종과 닮았다는 것을 알게 되었다. 나는 핏불도 찾아보았는데, 핏불은 경비견에 속해 있었다. 책에는 핏불이 잘못 훈련받으면 매우 위험할 수 있으며, 잘 짖지 않고 경고 없이 바로 물어버리는 경향이 있다고 했다.

아마도 미트볼이 전부 다 필요할지도 모르겠다.

책을 더 넘기다 보니 양 떼를 몰고 다니는 목양견, 경찰이나 구조대와 협력하는 작업견도 있었다. 나는 광고도 일을 하는 걸 좋아할지 궁금했다.

또한 핀셔, 치와와, 닥스훈트 같은 아주 작은 개들도 있었는데, 작은 만큼 자신을 스스로 방어하기 위해 소란을 피우고 쉽게 까다로워질 수 있다고 쓰여 있었다.

나는 영어 사전도 발견해서 푸티니의 컴퓨터 파일에 적혀 있던 'hate'와 'time'이라는 단어를 찾아보았다. 'hate'는 '증오', 'time'은 '시간'이라는 뜻이었다. 그러니까 아마도 '증오의 시간', '증오의 시대' 또는 '미워하는 시간' 정도일 것이다. 마틸다에게 이 모든 걸 이야기하는 게 정말 기다려진다.

다음 날 아침, 마틸다는 평소의 그녀로 돌아와 있었다. 여느 때처럼 환한 미소를 띤 채, 스파이 장비의 일부가 들어있는 커다란 가방을 메고 있었다. 마틸다는 스파이 역할에 몰입하는 데 필요하다며 선글라스도 쓰고 손에는 슈퍼 카메라를 들고 있었다. 마틸다는 우리를 보자마자, 나와 광고의 사진을 찍었다.

나는 캠핑용 배낭에 모든 준비물을 넣었고, 파뇨치네 집 근처에 도착해서 유니폼을 입기로 했다. 우리는 길을 가다가 장을 보고 돌아오던 카를라를 만났다. 마틸다가 그녀의 사진도 찍었다. 전직 멍청이 아줌마는 우리에게 곧 딸리아뗄레 축제가 열릴 거라며 꼭 참석하라고 했다.

"딸리아뗄레(파스타의 한 종류) 만드는 법을 가르쳐주는 체험 교실도 있어서 만든 걸 집에 가져 갈 수도 있어! 재미있겠지?"

나는 별로 끌리지 않았지만, 마틸다는 신이 나서 그러겠다고 했다.

"우리 아빠도 데려갈게요, 그래야 아빠도 좀 재미있는 시간을 보내죠."

솔직히 우리 아빠와 안시올리니 씨가 만나는 게 좋은 일일지는 모르겠지만, 그건 그들의 문제였다.

피에뜨리니로는 정원이 딸린 주택들이 가득한 거리였다. 336번은 거의 끝자락에 있는 집이어서 정말 많이 걸어갔다.

336번 집 앞에 도착하자마자 개들이 짖기 시작했다. 짖는 소리가 꽤 날카롭고 높았지만 맹렬한 핏불들 같지는 않았다. 마틸다가 불안해하며 말했다.

"테오, 미트볼을 꺼내!"

나는 서둘러 유니폼을 입고, 주머니에 미트볼 두 개를 넣고서 초인종을 눌렀다. 문을 연 건 작고 마른 아주머니였다. 아주머니는 나를 보자 미소 지으며 상자를 받았다. 그때 갑자기 뭔가가 나에게 뛰어올랐고, 나는 눈을 감고 소리를 질러댔다. 핏불이 내 다리를 물어뜯는 줄 알았다.

그런데 아주머니의 웃는 소리가 들려 눈을 떠보니, 바닥에는 아주 작은 닥스훈트 한 마리가 미트볼을 물고 있었다. 그 아주머니는 미안하다고 하며 웃음을 참지 못하고 문을 닫았다. 대문 앞 나뭇가지에 올라 카메라를 들고 있던 마틸다도 낄낄거리며 웃고 있었다.

나는 마틸다에게 다가갔고, 그녀는 작은 카메라 화면에 찍힌 웃긴 사진들을 보여주었다. 거기엔 내가 겁에 질린 표정으로 눈을 꼭 감고 있는 모습과 몸집이 작은 닥스훈트가 내 유니폼 주머니에 매달려 있는 모습이 찍혀 있었다.

"잘했어. 정말 그럴듯했어!"

마틸다는 말하면서도 웃음을 참지 못했다.

"저기 봐, 그들이 상자를 열고 있어. 빨리 찍어!"라고 말하며 나는 테이블 주위에 모여 있는 파뇨치 가족을 가리켰다.

"근데 저 가족은 전부 엄청나게 체구가 작아 보이는데."

나는 정말 파뇨치 가족이 맞는지 초인종에 적힌 이름을 다시 확인하려고 내려가면서 덧붙였다.

틀림없었다. 이곳이 맞았다. 다만 실망스럽게도 파뇨치 씨는 나보다 조금 더 크고 아주 마른 사람이었다. 무슨 직업을 가졌는지는 모르겠지만, 분명히 권투 선수는 아니었다.

파뇨치 씨는 안경을 쓰고 쪽지를 자세히 읽어보더니 아들을 한 번 보고, 다시 상자를 보고, 그리고 다시 아들을 쳐다봤다.

파뇨치 부인은 레모네이드가 든 주전자를 반쯤 들고 멈춰서서 상자 안에 있는 내용을 바라보고 있었다. 사실 두 마리의 핏불이라 생각했던 강아지들은 몸집이 작은 닥스훈트였고, 그들은 여전히 짖고 있었다. 세르지오가 상자 속을 들여다보고 쪽지를 읽더니 집 안으로 도망치려 했다. 그의 아빠

101

가 외쳤다.

"세르지오 파뇨치! 도대체 무슨 짓을 한 거야?"

세르지오는 마치 영화 속에서 경찰이 등장했을 때처럼 손을 번쩍 들었고, 그 순간은 곧 마을 곳곳에서 감상할 수 있는 멋진 사진으로 남았다.

11장

열한 바퀴 붕대

벽에 붙은 파뇨치 가족사진 옆에 떠들썩하게 웃고 있는 무리가 있었다. 아마도 세르지오의 학급 친구들과 그들의 부모들인 것 같았다. 나와 마틸다는 그들의 대화를 엿들으려고 가까이 갔다.

"그러니까 그 아빠는 권투 선수가 아니었네!",

"오늘 부모님께 전화해서 무슨 일이 있었는지 알아봐야겠어."

"저 강아지들은 생쥐 한 마리도 못 잡겠는걸."

부모들이 고개를 갸웃거리며 말했다.

"봐봐, 파뇨치네 집엔 심지어 수영장도 있어! 그런데 우리 돈을…."

"9월엔 우리가 파뇨치를 혼내줄 거야!"

아이들이 억울한 듯 이야기 했다.

"이 사진 누가 찍었어?"

"친구들을 때리면 안 돼, 파우스티노!"

"왜 저 엄마는 상자를 보면서 저렇
게 겁먹은 얼굴을 하고 있지?"

부모들이 걱정스러운 표정으
로 말했다.

"파뇨치가 우리 돈을 빼앗았
어!"

아이들이 다시 소리쳤다.

"뭔가 잘못됐어! 핏불은커녕 이건
그냥 닥스훈트 가족이잖아!"

부모들이 꾸짖듯 말했다.

"아니야, 차라리 난쟁이 가족이라고 하는 게 더 어울려!"

아이들이 비아냥거렸다.

"파우스티노오오!"

'이게 우리가 바라던 거잖아, 안 그래? 강렬한 반응과 복수 그리고 만족한 고객들?'

하지만, 우리는 뭔가 여전히 마음이 찜찜했다. 나는 마틸다가 나와 똑같은 생각을 했다는 게 여전히 놀랍다.

"만약 9월에 20명이 모두 파뇨치를 때린다면, 우린 아무것도 해결하지 못한 거야. 그리고 키가 작은 게 무슨 잘못이야?"

"그렇지만 그 애가 정말 돈을 빼앗았잖아!"

나는 가장 명백한 이유에 매달리며 말했다.

마틸다는 계속해서 선글라스를 쓰고 있었는데 스파이를 뛰어넘어 이제는 탐정 같은 느낌이 들었다.

"뒤에 어떤 사정이 있는지 누가 알아! 세르지오 바소티, 아니 그러니까 파뇨치도 협박을 당했을지도 몰라."

"대체 누구로부터?"

나는 마틸다가 답을 가지고 있지 않다는 것을 이미 알고 있었지만, 물어보았다.

"이것도 우리가 밝혀내야지. 하지만 지금은 가이아 카펠레티, 배신자 친구를 처리해야 해!"

우리가 떠날 때까지도 작은 무리가 여전히 파뇨치 사진 주위에 모여 있었다. 나는 사람들이 누군가를 놀리려고 할 때 어떻게 해서든 함께 무리를 지으려고 한다는 게 참 웃기다고 생각했다.

가이아 카펠레티는 공원에서 그리 멀지 않은 곳에 살고 있었고, 나는 평소처럼 목적지에 도착하기 직전에 유니폼을 입었다. 내가 초인종을 누르자 한 남자가 집사 복장을 하고 나왔다. 아니면 진짜 집사일 수도 있다. 나는 이전에 집사를 본 적이 없었으니까. 그는 내 유니폼을 의심스럽게 바라보더니 물었다.

"배달 일을 하기에는 좀 어리지 않나요?"

"오늘 형이 일이 많아서 제가 도와주는 거예요!"

그는 내 손에서 상자를 받아 들고는 내가 아직 문밖에 서있는데도 문을 닫으며 형식적으로

107

속삭였다.

"감사합니다, 안녕히 가세요."

그 사이, 마틸다는 매우 위험한 자세로 벤치 등받이에 서서 쌍안경으로 엿보고 있었다.

"그가 상자를 버렸어! 펭귄이 우리 상자를 버렸어, 테오! 상자를 열어보고는 그냥 버렸어!"

"어떻게 감히 그럴 수가 있어? 내 얼굴에 대고 문도 닫아 버리더니! 나도 볼래."

나는 쌍안경으로 보는 것은 처음이었는데, 마치 그곳에 있는 것처럼 모든 게 실제 크기로 보였다.

"잠깐만, 우리 또래로 보이는 빨간 머리를 두 갈래로 묶은 여자애가 쓰레기통 쪽으로 가고 있어!"

"그 애를 찍어야 해! 비켜봐."라고 말하며 마틸다가 팔꿈치로 나를 밀쳤다.

나는 그만 벤치에서 떨어졌고 무릎에서 피가 나고 있었다. 마틸다는 피를 보자마자 가이아 카펠레티는 놔두고 곧바로 나에게 치료하러 가자고 고집했다.

"사진 찍었어?"

“그런 거 같아. 이제 우리 집으로 가자, 소독약이랑 붕대가 있어. 파상풍 주사는 맞았니?”

“모르겠는데. 파상풍 주사가 뭐야?”

“넌 진짜 아무것도 모르는구나. 너희 아빠한테 물어볼게.”

“아빠도 모를 거야, 확실해. 엄마만 알겠지만, 엄마한테 물어보면 질문 폭탄이 날아올 거고, 최소한 아빠한테 다시는 나를 집 밖에 나가지 못하게 하라고 할 거야. 엄마가 얼마나 성가실 수 있는지 넌 모를 거야!”

“너야말로 성가셔!”

내가 엄마에 대해 이야기할 때 마틸다가 이렇게 대답한 것이 벌써 두 번째다. 그 후에는 집에 도착할 때까지 아무 말도 하지 않았다. 집에 도착하자 마틸다는 신발을 벗고, 언짢은 기분도 함께 벗어 던졌다.

“자자, 빨리빨리! 무릎, 무릎, 무릎, 무릎, 무릎을 닦자!”

마틸다는 노래하듯이 말하며 내 손에 비누와 수건을 쥐어 줬다.

욕실에는 한 귀족 쥐 가족을 그린 그림이 세 점 있었다. 제목은 ‘그란 토페티 가족’, ‘그란 토페티와 성대한 무도회’, ‘그

109

란 토페티의 휴가'이다.

"정말 멋진 그림이 많다! 나는 입구에 있는 '강아지 신문'
그림이 제일 좋아. 누가 그린 거야?"

마틸다는 대답은 하지 않고 내 상처에 소독약을 부었다.
나는 상처가 엄청 따가웠지만, 투덜이처럼 보이고 싶지 않
아서 아무렇지 않은 척했다.

"이제 붕대를 감아줄게. 열한 바퀴 감으면 돼!"

"왜 꼭 열한 바퀴야?"

"잘 모르겠어, 캠핑할 때 배웠거든. 한 번 다친 적이 있었

는데, 다음에 또 다치면 스스로 치료하라고 가르쳐줬어."

"누가 가르쳐줬어?"

마틸다는 잠시 머뭇거리더니 대답했다.

"어떤 의사가."

"넌 커서 의사가 되고 싶어?"

나는 내 무릎에 완벽하게 감긴 붕대를 보며 감탄했다.

마틸다는 한숨을 쉬며 말했다.

"모두를 정말 잘 치료할 수 있다면, 그렇지 않으면 아니야!"

"모두를 치료할 수는 없는 것 같아."

나는 할머니가 아프셨을 때 엄마가 한 말을 떠올리며 말했다.

"그거야말로 불공평하다고 생각하지 않니?"

마틸다가 물었다.

"다른 모든 것보다 가장 큰 불의 아니야?"

"맞아."

나는 더 많은 말을 하고 싶었지만, 할 말이 떠오르지 않았다.

"그런 불공평에 복수하려면 아무리 많은 똥을 모아도 부족하지 않겠어?" 마틸다가 계속해서 물었다.

"응, 부족해. 세상 모든 동물의 똥을 모두 모은다 해도 부족해!"

12장

잘 익은 토마토 열두 개의 의미

내 무릎에 붕대를 감고 나서 마틸다는 아이스크림 먹을 자격이 있다고 결정했다. 집으로 돌아가는 길에 우리는 디에고 푸티니가 내 자전거를 타고 도로를 질주하는 모습을 보았다.

'적어도 아직 멀쩡해!'

나는 푸티니 컴퓨터에 있는 'hate time(헤이트 타임)' 파일이 떠올라서 마틸다에게 이야기해 주었다. 역시나 마틸다는 늘 그렇듯 그 주제에 대해서도 모든 것을 알고 있었다.

인터넷에는 다른 사람을 비난하고 판단하는 것을 즐기는

사람들이 많다고 한다. 그들은 '헤이터'라고 불리며, 남을 비방만 하는 사람들이다. 마틸다는 디에고 푸티니가 헤이터인 것이 놀랍지 않다고 했다. 사실, 그는 일상에서도 그렇다. 마틸다에 따르면, 그런 사람들은 대개 화가 나 있고 외로운 사람들로, 더 이상 소통하는 방법을 잊어버린 사람들이다.

"올리비아가 비슷한 말을 했어. 우리 얘기인 줄은 몰랐겠지만! 우리가 헤이터라고 생각해?"

"물론 아니지! 우리는 불의에 복수하는 거야. 아니면 적어도 그렇게 하려고 노력하고 있어."

마틸다가 반박했지만, 별로 확신은 없어 보였다.

"그건 그렇고, 가이아 카펠레티 사진은?"

"딱 한 장 있는데, 흐릿해. 네가 균형을 못 잡아서 그런 거야. 그래도 펭귄 복장을 한 집사는 잘 나왔어!"

"그 사진은 기념으로 남겨두자. 다음 단계로 넘어가자!"

우리는 차고로 가서 페르페티 교수님을 위한 눈사태 케이크를 준비했다. 우리는 눈사태 케이크를 색색의 구슬로 장식한 후, 쪽지와 함께 빨간 상자에 담고, 뚜껑에 예쁜 금색 리본을 달았다.

다미코로 거리는 엄마 집과 가까워서 가는 길을 잘 알고
있었다. 길을 가는데 누군가가 나를 불렀다. 아다와 미켈레
였다. 학기가 끝난 이후로 못 봤던 친구들이다.

"테오, 믿을 수가 없어!"

미켈레가 외쳤다.

"우리가 방금 네 자전거와 똑같은 자전거를 봤거든!"

"네가 아니란 건 바로 알았지!"

아다가 나를 놀렸다.

"너무 씽씽 달리더라!"

"어깨까지 오는 긴 머리에 코가 콩

모양인 애가 타고 있었지?" 나는

푸티니라고 확신하며 물었다.

"맞아! 어떻게 알았어?"

미켈레가 놀라며 물었다.

"그 자전거는 내 거야."

"코가 콩 모양인 그 애는 디에

고 푸티니, 만만한 사람을 괴롭히

는 애야!"

마틸다가 우리를 사진으로 찍으며 덧붙였다.

"자전거를 되찾으려고 해봤어?"

아다는 팡고에게서 손을 떼지 않은 채 물었다.

"응, 아니. 즉, 꼭 그런 건 아니야!"

"아직도 침묵 파업을 하고 있어?"

미켈레가 궁금해했다.

"아니, 끝났어."

"이 강아지는?"

아다가 계속해서 팡고를 쓰다듬으며 물었다.

"팡고, 내 강아지야. 이 애는 마틸다."

"반가워, 마틸다. 강아지 정말 귀엽다! 너희 엄마가 강아지 길러도 된대?"

"엄마는 아직 모르지만, 만약 팡고가 문제가 된다면 나는 아빠와 계속 살 거야! 얘는 미켈레야."

"반가워, 마틸다. 안녕, 팡고. 테오랑 사는 거 힘들지, 그렇지? 근데 너희 어디 가? 우리도 같이 가도 돼?"

미켈레가 마틸다의 카메라를 가만히 보더니 물었다. 마틸다는 철저히 준비되어 있었다.

"우리 할머니 댁에 가는 거야. 낯선 사람을 보면 무서워하서, 미안해!"

"이제 가봐야 해, 전화할게."

내가 덧붙였다. 나는 선생님 댁으로 가는 길에 내 동업자에게 정말로 낯선 사람을 무서워하는 할머니가 있는지 물었다.

"응, 사실이야. 가끔 나를 알아보지 못하서서, 나를 보고서도 무서워하서! 여기가 442번이야."

선생님 집은 돌계단 위에 지어져 있었다. 오른쪽에는 사과나무와 작은 텃밭이 있었는데 상추, 토마토, 호박, 라벤더가 심어져 있었다. 마틸다는 광고와 함께 부엌 창문 옆 사과나무 뒤로 숨었다. 집 안에서는 토마토소스와 바질의 향이 풍겨 나왔는데, 선생님은 요리하고 있는 것 같았다. 초인종을 눌렀지만, 아무런 대답이 없었다. 잠시 후 누군가 오페라에서처럼 노래하며 다가오는 소리가 들렸다.

"똑똑한 사람은 단 한 명, 멍청한 사람은 아주 많아, 또오오오오오똑한 사람은 한 며어어명!"

"안녕하세요, 아주머니." 나는 상냥하게 인사했다.

"아주머니께 소포가 왔습니다."

"오늘 소포가 온다는 연락을 못 받았는데. 그런데 너는 소
포를 배달하기에는 좀 어리지 않니?"

또 그 이야기.

"저는 오늘 형이 일이 많아서 도와주고 있어요!"

"착하구나, 얘야. 어디에 서명하면 되지?"

나는 정말로 뭐라고 대답해야 할지 몰라서, 선생님에게
손등을 내밀며 최대한 당당하게 말했다.

"여기예요, 감사합니다!"

페르페티 선생님은 당황하지 않고, 주머니에서 만년필을
꺼내 내 손에 'Pap'이라고 서명했다. 나는 조금 찌푸린 얼굴
로 선생님을 바라보았다. 그 서명을 이해하지 못했기 때문
이었다. 그랬더니 선생님이 설명해 주었다.

"아말리아 페르페티 선생이야. 요즘은 간결한 게 최고란
다, 얘야!"

그리고 나서 선생님은 소포를 챙겨 집으로 들어가며 노래

를 불렀다.

"멍청한 사람은 많아, 똑똑한 사람은 단 한 사람… 아아아아아아!"

공포에 질린 비명이 내 고막을 깨뜨릴 뻔했다! 페르페티 선생님이 격렬하게 문을 열고 나왔다.

"애, 네가 가져온 게 도대체 뭐니?"

"저는 몰라요, 상자를 열어보지 않았어요!"

"네가 그 끔찍한 문구를 쓴 거니?"

"아니요, 아니에요! 맹세해요!"

"알고 있니, 알리기에리 단테, 프란체스코 페트라르카, 움베르토 에코가 지금 저승에서 나오고 싶어 할 거라는 걸? 애야?"

"그분들이 선생님 친구예요?"

"뭐라고?"

"그러면 그들은 좀비인가요?"

나는 걱정스럽게 물었다.

"아아아아아아아아아아아아!"

선생님은 비명을 지르듯 탄식하며 소리쳤다.

"너는 네가 무슨 말을 하는지 모르는구나! 나는 이제 학생들 대신 염소들을 가르치는 데 지쳤어, 알겠니?"

"스위스 염소요, 아니면 그냥 염소요? 제 친구 말로는 스위스 염소는 냄새가 난다고…."

"하지만 나는 포기하지 않아, 절대 안 돼! 언젠가는 그들이 제대로 말하고 쓸 날이 올 거야. 백 년이 걸리더라도 말이지! 그래 봐야 그들은 겨우 열여덟 살이니까!"

열여덟 살? 나는 믿을 수 없어서 눈을 크게 떴다. 그리고 눈사태 케이크를 배달한 것이 큰 실수였다는 걸 깨달았다.

"혹시 토마토를 재배하세요?"

나는 죄책감을 덜어보려고 화제를 돌렸다.

"그래, 그렇고말고. 토마토도 키우고, 상추도 키우고, 학생들도 키운단다, 애야. 가끔은 토마토가 학생들보다 더 잘 숙성되어 있고, 가끔은 그 반대일 때도 있어. 뭐 어쩔 수 없지, 그게 인생이야! 그런데 애야, 숫자 셀 줄 아니?"

"당연히 셀 줄 알죠."

"그럼, 익은 토마토 열두 개를 따서 집에 가져가거라. 꼭 누군가와 나눠 먹어. 좋은 건 늘 나눠야 한단다. 대신 나쁜 건 자신을 위해서라도 간직하지 않는 게 차라리 나아!"

13장

사라진 악당을 걱정하다

나는 다미코로 거리 끝에서 마틸다를 15분이나 기다렸다. 마틸다는 선생님을 지켜보고 있었는데, 페르페티 선생님은 내가 떠난 후 집으로 들어가 상자를 쓰레기통에 버렸고, 토마토소스가 타버린 것을 알아챘다. 그래서 선생님은 소스를 처음부터 다시 만들었고, 요리하는 동안 책을 큰 소리로 읽었다. 마틸다에게는 선생님이 마치 토마토소스에 책을 읽어주는 것처럼 보였다. 마침 그때 광고가 갑자기 나타난 고양이에 놀랐고 그제야 나의 동업자 마틸다는 나를 따라가야 할 때라고 결정했다.

마틸다는 페르페티 선생님이 나에게 토마토를 주는 장면, 책을 읽는 모습, 그리고 사과나무 위에 오른 고양이까지 귀여운 사진을 잔뜩 찍었다.

"페프페티 선생님 사진은 공개하지 않을 거야!" 마틸다가 말했다.

"선생님이 옳았어. 내가 처음부터 그랬잖아!"

"인정해, 그건 내 실수였어!"

"그리고 아마 그게 유일한 실수는 아니었을 거야! 세르지오 파뇨치를 생각해 봐. 발렌티노 스카모르차도?"

"글쎄, 적어도 가이아 카펠레티는 그럴만했어. 확실히 그 애는 변덕스럽고 버릇이 없어. 게다가 집사도 있잖아!"

"넌 그걸 알 수 없어!"

'똥 익스프레스' 프로젝트에 뭔가 근본적으로 잘못된 점이 있다는 의심이 들었지만, 나는 아직 그것을 입 밖으로 낼 준비가 되어 있지 않았다. 비록 마틸다도 같은 생각을 하고 있다는 걸 알고 있었지만 말이다.

집에 도착하자, 열한 명이나 되는 사람이 우리를 향해 동시에 고개를 돌렸다. 그들은 걱정 가득한 열한 개의 영혼처럼 보였다. 아빠, 카를라 아줌마, 안시올리니 씨, 그리고 이웃 사람들 모두 같이 있었다. 자차레티 아주머니, 팔키 씨, 산드로네, 아르만도 푸티니와 그 옆에서 울고 있는 그의 엄마, 그리고 진짜 권총을 허리에 찬 경찰관 세 명.

나는 본능적으로 손을 들어 항복 표시를 했다. 마치 사진 속 세르지오 파뇨치처럼.

나와 마틸다도 곧 걱정 가득한 두 영혼이 되어버렸다.

"그 애가 아니에요!"

푸티니 형제의 엄마가 울면서 외쳤다.

"디에고는 오늘 아침부터 보이지 않았어요"

카를라 아줌마가 설명했다.

"아까도 말했잖아요, 우리 집 주방에 아무도 없었다니까요!"

언제나 그렇듯 아무것도 듣지 못하는 자차레티 아주머니가 고함을 쳤다. 경찰관 한 명이 우리에게 몇 가지 질문을 했다.

"너희들 디에고 푸티니를 아니?"

"본 적은 있어요." 마틸다가 대답했다.

"저도요. 마틸다처럼요!"

"그 애를 마지막으로 본 게 언제였니?"

"오늘 아침 일찍이요." 마틸다가 대답했다.

"그 애가 제 자전거를 타고 질주를 하고 있었어요!"

"왜 디에고가 네 자전거를 가지고 있지?"

두 번째 경찰이 수첩에 적으며 물었다.

"그 애가 제 자전거를 훔쳤으니까요!"

"자전거가 어떻게 생겼는데?"

첫 번째 경찰이 이어서 물어보았다.

"한정판이에요. 형광 노란색에 흰색 줄무늬가 있어요."

"그러면 그 이후로 그 애를 다시 본 적이 없다는 거지?" 두 번째 경찰이 물었다.

"우리는 아니지만, 제 친구가 봤어요. 그 친구가 제 자전거를 알아봤거든요. 그러니까, 그 친구는 그게 제 자전거인 줄은 몰랐죠. 하지만 제가 디에고의 생김새를 설명했더니, 그 친구가 바로 그 애라고 했어요!"

"어디서? 몇 시에?"

푸티니 형제의 엄마가 내 팔을 잡으며 물었다.

"저희가 처리하겠습니다, 어머니!"

세 번째 경찰이 말했다.

"어디서? 몇 시에?"

"점심때쯤, 외각순환도로로 나가는 긴 다리 근처에서요."

"거기는 자전거로 가기엔 위험한 곳인데!"

팔키 씨가 끼어들었다.

산드로네가 덧붙였다.

"예전에 거기서 사고가 났었어, 자전거를 타고 있던 사람이었지!"

"난 친구가 필요 없어!"

자차레티 아주머니가 또다시 외쳤다.

"넌 거기서 뭘 하고 있었니?"

그때 아빠도 끼어들었다.

"엄마 집 식물에 물 주러 갔었어."

"하지만 열쇠가 없잖아!"

"맞아, 엄마 집에 도착하고 나서야 열쇠가 없다는 걸 알았어!"

"너도 거기 있었니, 마틸다?"

안시올리니 씨가 딸에게 물었다.

"응, 아빠. 그리고 테오가 멍청하다는 걸 확인했지!"

아르만도 푸티니는 눈을 내리깔고 아무 말도 하지 않았다.

"선생님, 제가 혼자서 이 아이와 이야기를 나눠야 할 것 같습니다. 도와주셔서 감사합니다."

첫 번째 경찰관이 상황을 정리했다.

"고맙네, 고마워, 자네도 항상 환영일세!"

자차레티 아주머니가 큰 소리로 외치며 마침내 자기 집으로 돌아갔다. 경찰관들이 푸티니 형제의 엄마와 함께 집으로 올라가고, 카를라 아줌마와 아빠는 안시올리니 씨와 팔키, 그리고 산드로네와 이야기하고 있었다. 아빠와 안시올리니 씨는 아무 문제도 없었던 것처럼 차분하게 대화하고 있었다.

　팡고 역시 내가 상상조차 하지 못했던 행동을 했다. 팡고가 아르만도 푸티니에게로 곧장  다가가 무릎이 드러난 그의 다리를 다정하게 핥기 시작했다. 나는 아르만도가 팡고에게 해를 끼칠까 봐 두려워서 그들 쪽으로 달려갔지만, 아르만도는 몸을 굽혀 팡고를 안아주었다. 팡고는 아르만도의 얼굴을 계속 핥으며 꼬리를 흔들었다. 나는 아르만도가 울고 있는 것처럼 보였다.

　마틸다가 다가와 내 어깨를 툭 치며 말했다.

　"디에고는 어디로 갔을까?"

　"내 자전거가 멀쩡하기를 바라!"

나는 아르만도와 팡고를 보며 말했다.

"그리고, 음, 디에고에게도 아무 일 없기를 바라."

그때 안시올리니 씨가 마틸다를 불렀고, 아빠도 나를 불렀기에 모두 집으로 돌아갔다.

절대 그런 날이 올 거라고 생각하지 못했지만, 오늘 밤 우리 모두는 각자 침대에서 디에고 푸티니에 대해 조금씩 생각할 거라고 확신한다!

14장

신문에 기사로 난
똥 익스프레스 활동

하룻밤이 지났지만, 디에고 푸티니는 나타나지 않았다.

사실, 오늘 아침에는 모든 사람이 사라진 것 같았다. 아빠도 집에 없었다. 나는 팡고를 데리고 산책하러 나갔다가 카를라 아줌마 집 초인종을 눌러봤지만 아무도 없었다. 마틸다에게 전화를 해보았지만 아무도 전화를 받지 않았다.

'다들 나한테 말도 없이 디에고를 찾으러 간 걸까?'

나는 올리비아와 잠깐 이야기를 나눠볼 생각으로 공원으로 갔다. 요즘 들어 내가 얼마나 말하고 싶은지 믿기 힘들 정도다.

예상대로 올리비아는 공원에서 일을 하고 있었고, 여느 때처럼 귀에 헤드폰을 끼고 있었다.

"안녕, 올리비아!" 내가 뒤에서 큰 소리로 불렀다.

"테오구나! 놀랐잖아! 너 친구랑 싸웠니?"

"아니, 왜?"

"몇 시간 전에 그 아이를 봤어. 꽃다발을 들고 여기를 지나갔어. 네가 선물한 거지?"

올리비아가 재밌다는 듯 웃음을 참으며 물었다.

"아니!" 나는 단호하게 대답하며 공원 벤치에 앉았다.

"여기서 기다려. 20분 후에 돌아올게. 그리고 같이 아이스크림 먹으러 가자!"

"좋아."

나는 내 옆에 놓여 있던 신문을 무심하게 느릿느릿 펼치며 말했다. 그것은 일간 신문으로, 엄마가 항상 카페에서 카푸치노를 마시며 읽는 글씨가 빽빽한 흑백 신문이었다. 나는 신문 내용을 보는 둥 마는 둥 페이지를 넘겼다. 그저 마틸다에게 꽃을 준 사람이 누군지 궁금했다. 질투는 아니고, 단지 호기심에서였다.

그러다가 '똥'이라는 단어가 내 시선을 끌었다. 마지막 페이지 기사 중에 "똥 익스프레스, 갈색 옷을 입은 분노가 시장에 진출하다!"라는 제목의 기사가 있었다. 아래 내용은 내가 찢어낸 기사다.

'며칠 전, 사쏘&사쏘의 대표이자 여러 상업 시설을 소유하고 정치적으로도 큰 영향력을 가진 오스발도 사쏘 회장이 비밀 정의의 집행자들을 찾는다는 호소문을 발표했다. 그는 이들을 비즈니스 천재들이라고 칭했다. 사쏘는 자신에게 끔찍한 아들이 있다고 이야기했는데, 어떤 부모도 원치 않을 법한 유형의 자식이었다고 한다. 얼마 전, 그 아들에게 매우 특별한 소포가 배달되었는데, 잘 꾸며진 똥 동산이었다. 이 선물에는 익명의 쪽지가 동봉되어 있었지만, 호기심 많고 충격을 받은 사업가 사쏘 회장은 조사를 통해 한 카페 근처에 붙어 있는 전단지를 발견했다(사진에서 보이듯이).'

이건 내 전단지야!!!
기사는 계속 이어졌다:

'현재 사쏘 회장은 '똥 익스프레스' 뒤에 숨겨진 창의적인 사람들을 찾아내어 자신이 말하는 '수익성 있는 협업'을 하려고 한다. 화가 나 있는 사람들이 많으므로, 사쏘 회장에 따르면 이를 기반으로 새로운 시장의 기호를 창출하는 것이 전략적이고 똑똑한 움직임이라고 한다.

추가적인 소식이 있을 때까지 비밀 정의의 집행자들과 사쏘 회장이 절대로 만나지 않기를 바라며, 독자들에게 누구와도 다투지 말 것을 조언한다. 만약 그럴 일이 생긴다면, 화장지를 준비해 두세요!'

G.G.

나는 한 번도 페데리코 사쏘를 사쏘&사쏘와 연결 지어 생각해 본 적이 없다. 그리고 그의 아버지와 협력하고 싶지 않다. 그는 아무것도 이해하지 못했기 때문이다.

사업과는 관계없다. 우리는 정의의 집행자들이지, 돈이나 명성을 위해 일하는 것이 아니다! 내 인생에서 처음이자 아마 마지막으로 나에 관한 기사가 열네 줄이나 실린 상황인데도, 나는 전혀 기쁘지 않았다.

"올리비아, 발렌티노에게 똥을 보낸 사람들에 관한 기사를 읽었어?"

"나도 오늘 아침에 읽었어! 불쌍한 페데리코 사쏘!"

올리비아가 말했다.

"어쨌든 이런 종류의 서비스는 이미 존재해, 이 치기 어린 장난보다 훨씬 더 큰 규모로."

"이건 치기 어린 장난이 아니야!"

"조직적인 활동이 존재해! 네가 상상할 수 있는 모든 동물의 똥을 킬로그램 단위로 배송한다고. 어이없지, 그렇지?"

"믿을 수 없어!"

"응. 그들은 돼지 똥, 소똥, 말똥, 토끼 똥, 심지어 코끼리 똥까지도 가지고 있어…, 알겠니?"

"코끼리 똥이라고? '똥 익스프레스'는 수취인의 사진도 제공해. 전단지에는 적혀있지 않지만…."

"네가 그걸 어떻게 알아?" 올리비

136

아가 예리한 눈빛으로 나를 살펴보며 물었다.

"몰라. 그러니까, 사진을 보기도 했고 사람들이 이야기하는 걸 들었어."

"어쨌든… 그 아이디어는 새로운 건 아니야. 그런데 똑같이 쓸모없다 쳐도… 코끼리 똥과는 비교가 안 되지."

올리비아가 비웃는 표정으로 광고를 보며 말했다.

"광고랑 무슨 상관인데?"

"광고랑은 상관없지. 하지만 너… 더 잘할 수 있지 않아?"

"뭐라고?"

"잘 알텐데…."

그때 마틸다가 우리 쪽으로 팔을 흔들며 인사했다. 꽃다발은 들고 있지 않았다.

"안녕, 금쪽이 테오. 올리비아, 네 머리카락이 거의 초록색이 됐어. 집에 진파랑 튜브가 아직 남아 있으니, 원하면 팔게!" 마틸다가 낄낄거리며 말했다.

"아이스크림으로 결제해도 돼?"

"좋아, 하지만 적어도 1킬로그램은 돼야 해!"

우리는 아이스크림 가게로 향했다. 올리비아의 핸드폰이

울렸고 발렌티노의 전화였다.

나는 이 틈을 타서 마틸다에게 속삭였다.

"너한테 할 얘기가 있어. 엄청난 걸 발견했어!"

"나도!" 마틸다가 대답했다.

"너는 절대 믿지 못할 거야!"

"내가 발견한 것만큼 엄청날 순 없을걸."

"그 기사 얘기라면, 나 이미 읽었어!"

"정말? 언제?"

"오늘 아침에. 나는 매일 아침 흥미로운 뉴스를 찾아 신문을 훑어보거든."

"아, 그래. 그럼, 네가 발견한 게 뭐야?"

"나중에, 나중에. 올리비아가 통화 중이잖아!"

"그래도 대충이라도 좀 알려줘!"

"세르지오 파뇨치랑…."

마틸다의 목소리는 더 작아졌다.

"디에고 푸티니에 대해."

15장

종점까지 열다섯 정거장

마틸다가 자신이 발견한 모든 것을 나에게 이야기해 주었다. 오늘 아침 마틸다는 파뇨치 사진 하나가 걸린 곳을 지나가다가 파뇨치 형제의 엄마가 아들의 사진을 떼어내고 어떤 아주머니와 이야기하는 것을 보았다고 했다. 그래서 가까이 다가가 땅에서 뭔가를 찾는 척하며 그들의 대화를 엿들었다.

파뇨치 형제의 엄마가 말했다.

"세르지오가 어떤 중학생, 그러니까 디에고 푸티니라는 애한테 협박을 당했어요. 나는 이미 교장 선생님께 그 사실을 알렸어요!"

"그런데 그걸 어떻게 알게 됐어요?"

그 말을 들은 다른 아주머니가 물었는데, 마틸다에 따르면 그 아주머니는 소문이 궁금했던 것 같다고 했다.

"어제 디에고 푸티니가 집에 와서 우리 아이에게 돈을 요구했어요. 그런데 우리가 돈은 이미 돌려줬을 뿐만 아니라 그가 하는 행동이 옳지 않다고 말하자, 자전거를 타고 씩씩거리며 화가 난 채로 도망쳤어요."

"근데 뭘 찾고 있는 거니, 아가씨?"

파뇨치 형제의 엄마가 마틸다에게 불쾌한 듯 물었다.

"네, 제 애완 쥐를 찾고 있어요!"

마틸다는 가능한 한 짓궂은 어조로 대답했다. 그랬더니 예상대로 아주머니들은 놀라서 비명을 지르며 순식간에 사라졌다고 한다.

"이야기 끝!"

마틸다가 만족스러운 표정으로 외쳤

다.

"그러니까 디에고가 세르지오에게 반에 가서 돈을 걷어오라고 강요한 거네!"

"정확히! 하지만 지금 디에고가 돈을 가지고 있지 않으니 빼앗긴 건 아니야. 아마 그렇게 멀리 가지도 않았을 거야!"

"그래서?"

나는 마틸다를 바라보았고, 그 애에게 이미 계획이 있다는 것을 알았다.

"그래서 우리가 디에고를 찾아보자는 거지!"

"어디서?"

"외곽순환도로로 이어지는 다리 위로 다니는 버스 노선은 단 하나야. 일단 그 버스를 타자!"

"여행 준비가 필요해."

"종점까지 열다섯 정거장밖에 안 되는데?"

"난 팡고가 마실 물, 감자 칩, 그리고 십자말풀이 책 없이는 가지 않을 거야!"

"좋아! 그럼, 감자 칩은 치즈 맛으로 고르자."

30분 후, 우리는 정류장에서 버스를 기다리며 이미 감자 칩 한 봉지를 다 먹어 치웠다.

"가로 3번, 거북이의 집. ㄱ으로 시작하고 ㄱ으로 끝난다. 두 글자."

"갑각!"

마틸다가 내가 읽은 내용을 생각하기도 전에 외쳤다.

"세로 4번, 양털로 만들어지는 것, 두 글자."

"양모!"

"이건 반칙이야! 나도 생각할 시간을 줘야지!"

"5초 타이머!"

"가로 7번, 수중기로 가득 차 있다."

"5, 4, 3…"

"조용히 좀 해! 집중이 안 되잖아!"

"5, 4, 3…"

"그만하라니까!"

"2, 1… 구름!"

"이런 식으로 게임을 하면 어쩌자는 거야?"

"저기 버스 온다. 십자말풀이 책은 넣어 둬. 이제 일 시작이야!"

버스표를 찍고 나서 우리는 각자 오른쪽과 왼쪽으로 나뉘어 앉아 창문에 얼굴을 바짝 붙이고 거리 구석구석을 엑스레이 찍듯 샅샅이 살펴보았다.

"저기 봐!" 내가 차 뒤에 있는 노란 점을 보고 소리쳤다. 하지만 안타깝게도 그건 내 자전거가 아니라, 신선한 레모네이드와 슬러시를 파는 바퀴 달린 거대한 레몬 모양 자동차였다.

사람들이 버스에서 하나둘씩 내렸고, 우리는 창문 밖으로 불타고 있는 쓰레기통, 술에 취해 고함치는 사람, 사이렌을 울리는 경찰차를 보았다. 그러나 디에고와 내 자전거는 그림자도 보이지 않았다.

"내릴 거니 아니면 되돌아갈 거니?" 어느 순간 버스 운전사가 우리에게 소리쳤다.

"벌써 도착한 건가요?"

"그럼, 나는 매일 이곳을 오간단다."

버스 운전사는 약간 지친 표정으로 대답했다.

"내릴게요, 감사합니다!"

마틸다가 내 팔을 잡아당기며 말했다.

버스에서 내리자, 팡고는 물 한 그릇을 다 비우더니 어리
둥절해 하며 주위를 둘러보았다. 우리도 주위를 둘러보았
다.

"여기가 어디지?"

나는 내 앞의 거대한 회색 건물을 바라보며 물었다. 그 건
물에는 최소한 네 개의 철문이 연달아 있었다.

"감옥처럼 보여. 잠깐, 저기 뭐라고 적혀 있어!"

마틸다가 표지판 하나를 가리켰다.

"네가 틀렸어! '교도소'라고 쓰여 있잖아!"

이번엔 내가 우쭐하며 반박했다. 나는 마틸다가 틀렸다는 걸 알려줄 기회를 얻은 게 기뻤다.

"그건 감옥을 다르게 부르는 말이야! 십자말풀이로 배웠어."

"와, 감옥엔 처음 와봐!"

"우리를 들여보내 주진 않을 거야, 여긴 박물관이 아니니까!"

"그렇다면 나는 십자말풀이를 하면서 다음 버스를 기다릴래. 디에고 푸티니가 감옥에 있진 않을 테니까. 적어도 아직은 말이야!"

이게 내가 마지막으로 한 말이었다. 갑자기 코에 심한 통증을 느껴졌고 주변이 온통 어두워졌다.

16장

악당의 숨겨진 비밀

"내가 죽였어?"

"카페에 가서 얼음을 가져와, 어서! 테오, 괜찮아? 어지럽니? 내 말 들려?"

마틸다와 디에고 푸티니의 목소리가 꿈속처럼 아련히 들려왔다. 팡고도 내 주위를 빙빙 돌며 짖고 있었다.

"괜찮아." 내가 일어나 앉으며 말했다.

"얼굴이 부어오른 거 같아!"

"너 얼굴이 페르페티 선생님 집

토마토처럼 빨개!"

"얼음 가져왔어!" 디에고가 죄지은 표정을 지었다.

"얼음을 코에 대고 눌러줘. 네가 혼자서 해 봐! 디에고 푸티니!"

마틸다가 푸티니 형제의 엄마 목소리로 소리쳤다. 디에고는 눈을 휘둥그레 뜨며 말했다.

"너 무섭다!"

그러고는 내 코에 얼음을 대고 눌렀다. 차가와서 미치는 줄 알았지만, 나는 아무 말도 하지 않았다.

"그런데 너희 여긴 왜 온 거야? 네 자전거를 다시 가져가려고, 이 못난아!"

"당연히 다시 가져가야지!"

"우리는 널 찾으러 온 거야, 우리랑 집에 가자. 너희 엄마가 엄청나게 걱정하고 있어!"

"집에는 안 돌아가. 아빠를 보고 싶어. 난 아빠를 5년 동안이나 못 봤고, 앞으로도 11년은 더 못 볼 거야! 엄마는 우리가 여기 오는 걸 싫어해, 아빠를 정말 싫어하거든."

"너희 아빠가 감옥에 있어?" 내가 물었다.

디에고가 듣기에 내가 너무 지나치게 관심을 보이는 것
같았나 보다.

"그래, 그걸 문제 삼으면 또 한 대 맞을 줄 알아!"

"그럼 너는 여기저기 다니며 주먹질하고, 개를 괴롭히고,
물건을 훔치고, 인터넷에서 인종차별을 하고도, 너희 아빠
가 감옥에 있어서 네가 화가 났고 그래서 그런 행동을 해도
다 괜찮다고 생각하는 거야? 그렇게 할 일이 없니?"

화가 나서 얼굴이 새빨갛게 달아오른 마틸다가 소리쳤다.

"너는 뭘 안다고 그래?"

마틸다는 격분해 있었다.

"아무것도 몰라! 나는 매주 토요일마다 신선한 꽃다발을 사서 엄마에게 가져가. 그리고 엄마에게 내가 겪은 일을 몇 시간이고 얘기해. 난 엄마가 내 말을 듣고 있다고 믿어. 하지만 엄마는 거기 없어. 앞으로도 절대 거기 없을 거야. 왜 그런지 알아? 엄마는 2년 전에 돌아가셨으니까. 어떤 의사도 엄마를 살릴 수 없었고, 엄마를 다시 데려올 방법은 없어. 내 기분이 어떤지, 얼마나 화가 났는지, 네가 알아?"

마틸다가 디에고 얼굴에 대고 소리쳤다.

"대답해 봐! 내가 얼마나 화가 났을 것 같아?"

"모르겠어."

디에고의 목소리는 더 떨리고 있었다.

나는 충격을 받았다. 아무것도 몰랐다. 마틸다는 좀 차분해진 것 같았지만 단호한 어조로 더 또박또박 말했다.

"지금 이 순간, 엄마가 감옥에 있다면 나는 차라리 더 행복했을 거야. 그러니 네가 얼마나 화가 났는지 따위는 관심 없

149

어. 너희 아빠의 심장은 여전히 뛰고 있어, 저 철문 너머에서. 너희 엄마도 살아 있고. 그런데 너는 이틀 동안이나 엄마가 너를 찾고 있는데도 전혀 신경 쓰지 않잖아! 그러니 약한 척 하지 마. 그리고 절대 다시는 동물을 괴롭히지 마. 그럼 내가 직접 너를 괴롭힐 거야. 변명은 필요 없어. 그건 지금 내가 너를 돌로 때리고도 엄마가 없어서 그럴 권리가 있다고 자신을 설득하는 것과 같아. 그게 무슨 말도 안 되는 논리야? 완전 비겁자나 하는 짓이잖아."

"난 비겁자가 아니야!"

"확실해?"

"확실해!"

"그러면 집으로 돌아가서 너희 엄마와 이야기해. 네가 아빠를 좀 더 자주 보고 싶다고 말해. 그리고 혐오자로 사는 건 그만둬! 분명히 네가 좋아하는 다른 뭔가가 있을 거야, 안 그래?"

"난 당나귀들이랑 있는 게 좋아! 우리 할아버지가 농장을 하셨는데, 어렸을 때 거기 자주 갔었어. 난 당나귀를 훈련하는 법도 알아. 당나귀가 너를 믿어야 해. 네가 몸을 씻기거나 빗질하게 두고, 네가 부탁하면 발을 내주어야 해. 당나귀들이 발길질하거나 물면 다루기 힘들어져."

"너랑 비슷하네!" 마틸다가 웃으며 대답했다.

"파뇨치한테 돈을 걸어다가 당나귀를 사려고 했어?"

나는 호기심 가득한 목소리로 물었다.

"아니, 그 돈은 아빠를 빼내기 위해 누군가에게 주려고 했던 거야! 넌 파뇨치를 어떻게 알아?"

"말하자면 너무 길어!"

"그 돈은 아무 소용도 없었을 거야. 그걸로 너희 아빠를 풀어주진 않았을걸!" 마틸다가 끼어들었다.

"뭐, 시도조차 안 해봤어."

"그럼 최소한 교도소에 들어가 아빠를 보려고는 해 봤어?"

나는 디에고의 이야기에 점점 더 빠져들고 있었다.

"아니!"

"아니라고오?" 나와 마틸다가 동시에 외쳤다.

"여기 밖에서 이틀이나 있었으면서 들어가려고 하지도 않왔다고?"

나는 믿을 수가 없었다.

"아마 난 정말로 겁쟁이인가 봐!"

"아니, 너는 단지 두려운 거야. 용감한 사람들도 두려움을 느껴! 그건 그렇고 얼음 좀 더 가져올래?"

마틸다가 디에고에게 말했다.

디에고가 카페에 간 사이, 경찰차 한 대가 도착했다. 경찰관 한 명이 차에서 내려 왜 우리끼리 그곳에 있는지 물었다. 그러다가 내 코를 보더니 교도소 의사에게 보여줘야 한다고 했다. 경찰관이 초인종을 눌렀고, 몸집이 거대한 남자가 커다란 열쇠 꾸러미를 들고 나와 네 개의 철문을 하나씩 열고 다시 잠갔다.

그때 디에고가 돌아와 소리쳤다.

"제가 들어가야 해요. 제가 그 애를 때렸어요. 그 애는 아무 짓도 하지 않았어요!"

그래서 나는 디에고를 위해 뭔가를 해야겠다고 생각했다.

"죄송하지만, 제 친구도 저랑 같이 가도 될까요?"

"정 그렇다면."

경찰관이 네 개의 철문을 하나씩 다시 열었다.

디에고는 어정쩡한 미소를 지으며 재빨리 안으로 들어갔다. 경찰관은 팡고와 마틸다를 힐끗 보더니 들어오라고 손짓했다.

"너희 둘은 저 아래 대기소에서 기다리면서 여기서 뭘 하고 있었는지, 누가 누구를 때렸는지 나한테 설명해라!"

진료실에는 다른 진료실들과 똑같이 소독약 냄새가 진동했다.

"너 여기서 뭐 해?"

올리비아가 믿을 수 없다는 표정으로 물었다. 올리비아가 의사 가운을 입고는 있었지만, 나를 진찰한 사람은 수염이 긴 더 나이 든 의사였다.

"너는 여기서 뭐 해?"

나는 올리비아보다 더 놀라 되물었다.

"난 실습 중이야. 너 그 또옹…, 그 일 때문에 곤경에 처한 거니?"

"아니. 긴 이야기지만, 내 친구가 아버지를 만나고 싶어 해서 여기 왔어."

"네 친구 아버지가 어디에 계시니?"

나이 지긋한 의사 선생님이 내 코를 치료하며 물었다.

"여기 안에 어딘가요!"

의사 선생님은 잠든 신생아를 바라보기라도 하는 것처럼 부드러운 눈빛으로 나를 바라보았다.

"자, 가보자! 내가 도와줄게. 여기는 방문자에게 매우 엄격하단다. 네 코는 괜찮아, 하지만 반창고는 이틀 정도 더 붙이고 있어라. 보기에도 멋있으니까!"

그래서 나는 의사 선생님과 올리비아와 함께 디에고와 마틸다, 그리고 팡고가 있는 대기소로 들어갔다. 의사 선생님은 디에고의 눈을 똑바로 바라보았다. 그러고는 그에게 말했다.

"가자! 네 아버지에게 데려다줄게!"

의사 선생님이 대기소 문 쪽으로 갔지만, 디에고는 움직이지 않았다. 팡고가 짖었다. 디에고는 팡고를 바라보더니 용기를 내어 한 걸음 한 걸음 천천히 문을 향해 걸었다.

17장

자전거로 17킬로미터

아버지 푸티니와 아들 푸티니는 두 시간 정도 대화를 나
누었다. 나와 마틸다가 집에 알리려 할 즈음, 우리는 복도 끝
에서 디에고가 자신과 그의 동생과 똑 닮
은 크고 건장한 남자와 함께 있는 것을
보았다.

　　디에고의 아버지가 디에고의 어깨
를 한두 번 다독거렸고, 디에고도 아
버지에게 똑같이 해주었다. 그러고
나서 두 사람은 머뭇거리다가 서로

를 껴안고 잠시 그렇게 있었다. 그들과 함께 있던 경찰관 한 명은 디에고의 아버지 옆에서 줄곧 이 장면을 지켜보고 있었다. 멀리서 보니 디에고의 어깨가 심하게 들썩이는 것을 보았다. 마치 울 때처럼.

마틸다는 내 옆에서 아무 말도 하지 않았고, 두 주먹을 꼭 쥔 채 눈이 촉촉해졌지만 울지는 않았다. 이제야 나는 그 이유를 알 것 같았고 많은 것을 이해하게 된 것 같았다. 하지만 이 모든 것이 빠르게 일어난 일이라 확신할 수는 없었다.

"집에 가자."

디에고가 내 생각의 꼬리를 끊었다. 디에고의 어정쩡한 미소는 이제 환한 미소로 바뀌어 있었다. 우리는 날이 어둑어둑해져서야 교도소를 나섰다.

"자전거를 가져와야 해. 바로 뒤에 세워뒀어."

"아직 거기 있길 바란다!"

나는 내 자전거를 다시 볼 수 있기를 바라며 초조한 마음으로 말했다.

"물론 있겠지. 감옥 근처에 주차된 자전거는 아무도 훔치지 않아!"

마틸다가 아는 척하며 한 마디 덧붙였다.

"우리 셋 다 자전거 타고 집에 가자!"

디에고가 신나서 외쳤다.

"너 제 정신이니!"

나는 대답은 그렇게 했지만, 사실 그게 훨씬 더 재미있을 거란 생각이 들었다.

"그럼, 안쪽 골목길로만 가는 거야!" 마틸다가 결정했다.

"좋아. 그럼 내가 운전하고, 너는 앞에 앉고 테오는 짐받이에 서 있어."

"아니야, 내가 운전하고, 네가 짐받이에 서 있어!"

"네가 나보다 가벼운데!"

"네 말이 맞아! 널 믿을게!"

"그럼 팡고는?"

나는 걱정하며 물었다.

"내가 데리고 있을게!"

마틸다가 대답했다. 팡고는 주저 없이 마틸다의 품에 뛰어올라 그녀의 가방 속에 편안히 자리 잡았다.

"출발!" 디에고가 외쳤다.

가는 길에 우리는 마틸다가 가르쳐준 노래를 불렀다.

"왜 우표의 풀은 소금 맛처럼 쓰게 만드는 걸까? 민트 맛, 레몬 맛, 산딸기 맛 우표를 발명한 사람에게 감사를!"

그러고 나서 마틸다는 십자말풀이를 꺼내 문제를 냈다.

"이번 문제는 너희를 위한 거야! 세로 7번, 고집 센 사람들을 일컫는 말. ㄱ으로 시작하고 ㅌ으로 끝난다. 10, 9, 8, 7…"

"숫자를 세면 생각이 안 나!"

디에고가 투덜거리며 급하게 커브를 돌았다.

"마틸다는 항상 그래!" 나는 아슬아슬하게 균형을 잡고 도로로 넘어지지 않으려고 안간힘을 썼다.

"3, 2, 1! 고집불통! 정신 차려, 애들아!"

"하나만 더, 제발! 이번에는 맞출 수 있어!"

디에고가 다정해 보이다니, 상상도 못 한 일이었다.

"가로 6번, 숨 쉬는 데 필요한 가스."

"산소!" 이번에는 나와 디에고가 동시에 외쳤다.

"이 말썽꾸러기들아, 한 자전거에 셋이 타면 안 돼! 다쳐, 애들아!"

발코니 난간에 발을 올려놓은 채 아주머니 한 분이 소리쳤다.

"조심하세요, 아주머니, 슬리퍼 떨어지지 않게!"

디에고가 외쳤다.

우리는 배꼽 빠지게 웃으며 아파트 정원에 도착했다. 아빠, 안시올리니 씨, 카를라 아줌마, 그리고 푸티니 형제의 엄마가 웃음기 하나 없이 심각한 얼굴로 우리를 기다리고 있었다. 그들은 불곰이 송어를 한입에 먹기 전에 노려보듯 우리를 바라보고 있었다.

푸티니 형제의 엄마는 디에고에게 달려가더니 찰싹 소리가 나게 뺨을 때렸다. 마틸다는 안시올리니 씨에게 달려가서 그를 껴안았고, 곧 둘이 뭐라고 속닥거렸다. 카를라가 내게 다가왔다.

"무슨 일이 있었던 거니?"

"괜찮아요! 이미 치료를 받았어요."

아빠는 얼굴이 창백했다.

"너 때문에 얼마나 놀랐는지! 반창고가 잘 어울리네."라고 말하며 내 머리를 헝클어뜨렸다.

"집에 데려다줘서 고맙다!"

나는 마틸다가 푸티니 형제 엄마 흉내를 내는 줄 알았다. 그런데 정말로 푸티니 형제 엄마가 어른들끼리 흔히 하듯이 손을 내밀어 악수를 청하고 있었다. 나는 그 손을 잡고 미소를 지었다.

모두 집으로 돌아가기 전에 카를라 아줌마가 내일 딸리아뗄레 파스타 축제가 열린다는 걸 상기시켰다. 그리고 국수 만들기 체험에 참여하고 싶은 사람은 집에서 달걀을 하나씩 가져와야 한다고 했다.

　　그때 디에고가 내 자전거를 끌고 와서 땅바닥을 보며 말
했다.

　　"이건 네 거야!"

　　나는 아무 말도 하지 않았다. 그가 자전거를 돌려줄 걸 조
금은 기대했지만, 진짜로 그럴 줄은 몰랐다.

"왜 그래, 안 받을 거야? 갖고 싶지 않으면 그냥 내가 가질 게!"

"당연히 갖고 싶지!"

"강아지 일은 정말 미안해. 강아지는 괜찮아?"

"아주 잘 지내. 하지만 너만 보면 핏불 한 마리를 경호원으로 데려와야겠다고 생각하는 것 같아."

18장

고객에게 작별인사를 하며

"결정되었습니다…."

나는 밤새워 준비한 연설을 읽었다. "… '똥 익스프레스' 서비스는 여섯 번 중 다섯 번이 비효율적이었다는 결론이 나왔습니다. 불의를 측정할 단위가 없다는 것. 불의는 똥으로 해결되지 않으며, 더 큰 불의에는 세상 모든 동물의 똥도 부족하다는 것. 이러한 이유로 저희는 유감스럽게도 '똥 익스프레스' 서비스를 무기한, 즉 영원히 중단하기로 했습니다."

마틸다는 이 모든 내용을 두루마리 화장지에 적어 햇빛에 거의 다 바래버린 전단 대신 걸어두었다. 이는 새로운 고객들에게 앞으로 그들의 요청이 절대로 이루어지지 않을 거라는 인사를 전하는 방법이었다. 그렇다, 상자는 쪽지로 가득차 있었다. 봉투에 담긴 편지도 세 통 있었는데, 모두 사쏘&사쏘에서 온 것이었다.

더 기분 좋게 쪽지를 읽기 위해서 우리는 간식으로 딸기 프라페(주로 얼음과 다양한 재료를 혼합하여 만드는 음료)를 먹으며 읽기로 했다. 드디어 아이스크림 가게에서 믹서기를 고쳤기 때문이었다.

읽기는 사쏘의 편지로 시작되었다.

친애하는 여러분,
사쏘&사쏘는 여러분과 사업을 시작하게 된다면 기쁠 것입니다.
월요일 오후 1시에 '황금 백조'에서 여러분을 점심 식사에 초대하고 싶습니다.
여러분의 빠른 회신을 기다리며, 정중히 인사드립니다.

회장

친애하는 여러분,

'황금 백조'에서 여러분을 뵙지 못하고 소식을 받지 못해서 유감입니다.

저는 여전히 유익하고 경제적으로 흥미로운 협력을 희망하고 있습니다.

모레 오전 1시에 '바리토'에서 여러분을 만나 뵙고 싶습니다.

정중히 인사드립니다.

회장

여러분,

이건 당신들 손해입니다! 이 순간부터 저는 저의 새로운 사업을 혼자 진행할 것입니다. 당신들에게 더는 시장의 작은 공간조차 가질 수 없도록 할 것입니다. 그리고 당신들은 다음 변기 물을 내릴 때 사라지게 될 것입니다.

회장

166

"회장님이야!"

"정말 정신 나간 사람 같아!"

나와 마틸다는 웃음을 멈출 수가 없었다. 상자에서 찾은 열여덟 개의 메모 중에는 스토커 같은 사쏘의 편지 외에, 우리가 사업을 접기로 한 것이 잘한 일일 수밖에 없다는 징표가 하나 있었다. 그것은 얼룩진 종이 테이블보에 큰 글씨로 적은 쪽지였는데, 여러 겹으로 접혀 있었다. 글씨체는 이상했고 종이 위에서 삐뚤빼뚤 위아래로 흐느적거리는 것처럼 보였다.

짠, 배은망덕한 바보들아.
너희가 나를 우롱할 수 있을 거로 생각했어? 나는 나고, 너희는 너희야. 나는 전부고, 너희는 아무것도 아니야!
유일하고 진정한 우두머리.

그 뒤로 최소 80개의 눈사태 케이크(충격적인 케이크) 목록이 이어졌다. 약 80명의 직원에게 전달될 목록이었다. 거기에는 직원들의 주소도 포함되어 있었으며, 안시올리니 씨 집 주소도 있었다. 그리고 20유로짜리 지폐도 있었다.

"이 사람은 분명히 술에 취해서 쓴 걸 거야!" 마틸다가 말했다.

"심지어 우리한테 돈을 내려고 했어!"

"사실, 내가 항상 말했잖아, 최소한 뭔가 좀 벌 수도 있을 거라고!"

"정의의 집행자는 대가를 받지 않아!"

"이 물건들은 어떻게 하지?"

"당연히 전부 다 보관해야지."

우리는 돌아다니며 파뇨치 사진 두 장을 더 찾아 쪽지들과 함께 모아 놓았다. 그다음 차고로 가서 남아 있던 상자를 모두 모아 겹겹이 넣어서 마트료시카(러시아인형) 같은 걸 만들었다. 마지막 상자에는 쪽지, 편지, 사진, 장식품을 담았다.

"아직 내 사진들도 있어. 컴퓨터에 복사해 두었어!"

내가 팡고와 카를라 아줌마와 함께 있는 사진, 파뇨치 가족이 전부 나온 사진, 내가 아다와 미켈레와 있는 사진, 카펠레네 집사 사진, 그리고 내가 페르페티 선생님과 함께 있는 사진이 있었다.

"이 사진들은 우리가 만나기 전에 찍은 것들이야."

마틸다가 빠르게 사진 몇 장을 넘겨보며 말했다. 엄마와 막 도착했을 때의 나, 자전거 때문에 화가 났을 때의 나, 물웅덩이에서 팡고를 끌어내던 나, 그리고 푸티니 집 앞에 상자를 놓고 있던 나를 담은 사진들이었다!

"너 정말 스파이구나!"

그리고 또 마틸다와 눈이 똑같이 생긴 여인과 함께 있는 마틸다 아버지의 사진과 그녀가 그림을 그리는 사진, 요리하는 사진, 의사 복장을 한 사진, 마틸다와 함께 있는 사진 등등 다른 사진도 많았다.

"너의 엄마도 의사였어?"

"응" 마틸다가 대답하며 컴퓨터를 재빨리 껐다.

"하지만 엄마는 시간이 날 때마다 그림을 그렸어. 참, 너한테 줄 선물이 있어!"

"내 생일도 아닌데."

"아니지, 하지만 여름이 거의 끝나가고 있잖아."

169

마틸다는 다른 방으로 뛰어가서 내가 가장 좋아한다고 했
던 그림인 '강아지 신문'을 가져왔다.

19장

파스타 축제

지금은 내 방 침대 위에 그림을 걸어두었지만, 엄마 집에 갈 때 가져갔다가 다시 여기로 가져올 생각이다. 나는 딸리아뗄레 만들기 체험에 쓸 달걀을 손에 들고 나왔다. 카를라 아줌마와 아빠도 각각 달걀을 하나씩 들고나왔다.

나는 딸리아뗄레 축제에 가본 적이 없다. 카를라 아줌마는 이 축제가 예전처럼 이웃들과 함께 모두 모여 음식을 먹기 위

171

한 구실이라고 말했다. 아래 마당에 나무 테이블 여러 개가 놓여 있었고, 산드로네와 팔키 씨는 벌써 고기를 두 판째 굽고 있었다.

팡고는 공원까지 이어지는 한 부스에서 풍기는 트러플 딸리아뗄레 냄새에 끌려갔다. 입구에는 딸리아뗄레 국수 만드는 법을 배우는 천막이 있었다. 모든 작업대는 똑같이 생겼는데, 스피아나토이아라고 불리는 작은 도마가 하나씩 있었고 밀대와 플라스틱 칼이 있었다.

일부는 이미 사람들이 차지했는데, 자차레티 아주머니는 체험이 시작되기도 전에 이미 딸리아뗄레 산을 만들어 놓았다. 체험 진행자는 흰머리를 모자 속에 말아 넣은 백발 아주머니였다.

믿기 힘들었지만, 아르만도 푸티니도 달걀을 들고 왔다. 디에고는 반죽을 하지 않고 엄마와 함께 밖에 앉아 있었다. 그는 우리를 보자 손을 흔들며 인사했고, 카를라 아줌마는 그의 엄마와 따로 이야기를 나누러 갔다.

나는 아빠, 마틸다, 안시올리니 씨와 함께 자리를 잡았다. 사람들이 행사장에 더 들어왔고 마틸다가 팔꿈치로 나를 툭

치며 속삭였다.

"티 내지 말고 네 앞을 똑바로 봐봐!"

"하지만 그건 물리적으로 불가능해!"

나는 빠르게 흘깃 보며 말했다.

우리 앞에는 카펠레티네 집사가 있었고 그 옆에서 딸리아뗄레를 만드는 사람은 가이아였다. 가이아는 마치 명절을 맞이한 듯 행복해 보였다. 백발 아주머니가 우리 사이를 지나며 작은 도마에 밀가루를 조금씩 쏟아주었다.

"이제 밀가루로 작은 산을 만들고 중앙에 구멍을 내세요."

마틸다는 이미 자기 앞에 놓인 밀가루로 작은 산을 쌓아놓고 아빠를 도와주고 있었다. 마틸다 아빠가 꽤 잘 만들어서 나는 그를 따라 했다.

"이제 달걀을 깨서 밀가루 산 중앙에 넣으세요."

백발 아주머니가 차분한 목소리로 말을 이어갔다.

"손에 밀가루를 묻히고…."

아주머니는 앞에 벌어진 광경을 보고 하던 말을 멈추었다. 한 소녀가 가이아 카펠레티에게 곧장 달려가서 탁, 그녀의 머리 위에 달걀을 깨뜨린 거였다.

"나한테 똥을 보낸 애가 얘야!"

가이아가 집사에게 소리쳤다. 이윽고 소녀는 달렸고, 집사는 그녀를 쫓아갔다. 반면 가이아는 스카프를 머리에 두르고 아무 일도 없다는 듯 딸리아뗄레 만들기를 이어갔다.

"여섯 번 중 여섯 번!" 마틸다가 비꼬듯 말했다.

얼마 뒤, 머리가 흰 진행자의 지도를 따라 하다 보니, 우리 모두 얇은 파스타 반죽을 만들 수 있었다. 내 것은 아마도 너무 작고 얇은 것 같았다.

"이제 이렇게 접으세요."

진행자 아주머니가 방법을 보여주며 말했다.

"그리고 자르세요!"

나는 내 딸리아뗄레를 잘랐고, 열아홉 줄이 나왔다. 딸리아뗄레라고 하기에는 길이가 너무 짧았다. 주위를 둘러보니, 아빠와 카를라는 훨씬 더 많은 양을 만들었고, 자차레티 아주머니는 이미 준비가 끝나서 달걀 파스타 가게를 열어도 될 정도였다.

175

마틸다는 내 옆에 있었다. 마틸다는 자신의 딸리아뗄레 뭉치를 손에 들고 있었다(확실히 내 것보다 더 많았다). 그녀는 자기 아빠를 바라보았다. 아직 면발을 자르고 있는 아빠를 본 다음, 나, 카를라, 그리고 우리 아빠를 번갈아 보았다. 그러다 다시 자신의 딸리아뗄레를 보았다.

나는 마틸다의 작은 도마에 물방울 하나가 떨어지는 것을 보았고 비가 내리는 건 아닌지 위를 올려다보았다. 그러다가 나는 흐느끼는 소리를 들었고, 이윽고 눈물로 완전히 젖어버린 딸리아뗄레를 보면서 처음에는 조용히, 그리고 점점 요란한 폭풍우처럼 엉엉 울고 있는 마틸다를 보았다.

2년 동안 참고 있던 눈물은 장난으로 넘길 일이 아니었다.

그 긴 울음 뒤에 마틸다는 언제 그랬냐는 듯 전보다 더 명랑해 보였다. 마치 물이 빠진 구름처럼 한결 가벼워 보였다. 우리는 딸리아뗄레가 가득 담긴 쟁반 일곱 개를 가지고 마당으로 돌아왔고, 푸티니 형제 엄마가 모두를 위해 요리해주겠다고 나섰다.

"나한테 큰 솥이 있어요!"

그 순간 나는 내가 따 온 잘 익은 토마토와 좋은 것은 나눠야 한다는 말이 생각났다.

"내가 선물로 받아 온 토마토가 있어요. 가서 가져올게요, 그러면 소스를 만들 수 있잖아요!"

아빠와 카를라는 마치 외계인을 보는 것처럼 나를 바라보았다. 열두 개의 잘 익은 토마토로 만든 딸리아뗄레는 우리가 먹어본 파스타 중 가장 맛있었다. 마틸다가 재밌는 흉내를 내어 모두를 즐겁게 했다. 어느 순간, 올리비아가 의사 가운을 입고서 나타났다.

"넌 정말 어디에든 있구나!"

마틸다가 올리비아에게 말했다.

"나는 실습하러 왔어. 우리는 필요할 경우 응급 처치도 하니까!"

"딸리아뗄레 한 접시 먹을래? 우리가 만들었어!"

"정말 먹고 싶지만, 일할 때는 먹지 않아."

그때 마틸다가 갑자기 일어나서 뛰어다니면서 이곳저곳을 구경했다.

"테오, 여기 봐봐! 우리 아빠가 누구랑 얘기하고 있는지 봐! 넌 상상도 못 할 거야!"

누구인지 볼 새도 없이 내 뒤에서 나는 개 짖는 소리에 고개를 돌리자, 팡고 옆에 이상하고 점잖게 앉아 몸을 흔들며 짖고 있는 흰색과 검은색이 있는 작은 얼룩 강아지가 보였다.

20장

책을 쓸 거야,
제목은 똥 익스프레스

학교가 다시 시작되면 가을이 왔다는 것이 분명해진다.

그리고 저녁에 부는 바람이 점점 더 선선해질 때도.

"테오, 후드티 없이 나가지 마!"

엄마는 거의 예전 그대로지만, 나는 몇 가지 혜택을
얻었다. 학교가 집에서 5분 거리에 있어서 비가 오
지 않는 한 자전거를 타고 갈 수 있다. 그리고 내 성
적만 떨어지지 않는다면 그 깡마른 선생님 댁에 가지
않아도 된다.

집에는 나, 광고, 그리고 엄마 외에도 오데싸라는 흰색과

검은색 얼룩 강아지도 있다. 오데싸는 공연 투어 중에 엄마가 발견한 강아지로, 광고의 존재를 거부할 수 없게 만든 이유이기도 하다. 아다와 미켈레가 날 부르러 오면, 나는 강아지들을 데리고 내려간다.

"멀리 가지는 말고 정확히 한 시간 내로 돌아와!"

딸리아멜레 축제 날 저녁에 이상한 일이 일어났다. 엄마와 안시올리니 씨가 서로 알게 되었고, 서로 마음에 든 것 같았다. 그 뒤로 그 두 사람은 네 번이나 함께 외출했는데, 그 중 두 번은 나와 마틸다도 함께였다.

그 사이에 안시올리니 씨는 '해바라기 당나귀 농장'에서 만능 일꾼으로 일자리를 찾았다. 농장에는 당나귀가 아주 많았고 밭도 매우 컸다. 그 농장은 카를라가 기획한 프로젝트였다.

농장에는 중학교도 있어서 지금 푸티니 형제가 그곳에 다니고 있다. 모든 학생은 자신이 돌볼 새끼 당나귀를 한 마리씩 가지고 있고, 매일 밭에서도 일한다. 디에고는 무척 행복해한다. 디에고의 당나귀 이름은 푸리오다. 푸리오는 이미 발을 잘 내어주고 더 이상 발길질을 하지 않

180

는다. 우리는 푸리오에게 당근을 먹였고, 마틸다는 그 모습을 사진으로 남겼다.

오늘 우리는 당나귀 농장에 갔다. 거기 아빠도 있었고 내 플레이스테이션을 가져다주었다.

"이제 점심 식사 후 게임은 그만두기로 한 거야?"

나는 믿을 수 없다는 듯 외쳤다.

"아니, 단지 저녁 후로 미룬 것뿐이야, 그리고 플레이스테이션 4를 샀어!"

아빠는 내게 윙크하며 대답했다.

"그건 공평하지 않아!"

"네가 집에 오면 한 판 뜨자! 그리고 네가 기뻐할 만한 소식이 있어."

"뭔데?"

"몇 달 후면 동생과 함께 방을 쓰게 될 거야! 남동생일 수도 있고 여동생일 수도 있어!"

"뭐어어어어라고?"

나는 놀라서 눈을 크게 뜨고 말했다.

고백하건대 나는 이상하고 이유 모를 질투심에 사로잡혀 잠깐 입을 삐죽거릴 뻔했지만, 마틸다가 내 뒤통수를 살짝 쳤다.

"축하드려요, 피오레티 아저씨! 동생이 테오랑 하나도 안 닮았으면 좋겠어요!"

나는 카를라를 축하해주고 싶었지만, 카를라 아줌마가 우리 엄마와 이야기하고 있는 것을 보고 실수할까 봐 조심했다. 그런데 그들이 나를 불렀다.

"이리 와보렴, 금쪽이 테오야! 카를라가 네 칭찬을 많이 하는구나!"

나도 카를라 아줌마를 좋게 이야기했다.

"카를라는 정말 맛있는 헐크 수프를 만들 수 있어. 레시피를 꼭 받아야 해, 엄마."

그때 디에고와 아르만도가 당나귀와 함께 산책하자고 나

와 마틸다를 초대했다.

"엄마가 허락했어," 디에고가 설명했다.

"2주에 한 번씩 아빠를 만나러 가도 된다고 했어."

"언제 한 번, 너희가 원한다면 같이 가도 돼."

아르만도가 디에고의 말을 이었다.

"아빠가 너희에게 고맙다고 전해달래."

디에고가 당나귀를 쓰다듬으며 당근 조각을 주면서 말했다. 그 모습이 귀여워 보이기까지 할 정도였다.

"무엇을?" 마틸다가 물었다.

"아빠가 너희를 좋은 친구라고 하셨어!"

여름이 시작될 때는 이런 일이 일어날 거라고는 결코 상상하지 못했지만, 결국 일어났다. 이제 나는 디에고 푸티니의 친구가 되었고, 그는 동물을 괴롭히는 대신 쓰다듬어 주고 있다.

엄마는 강아지 두 마리를 집에서 키우는 것을 받아들였고, 이제는 클래식 음악을 크게 틀고 방에 틀어박히지 않았다. 아빠는 여전히 예전 그대로지만, 나는 아빠가 성장하고 있다고 생각한다.

나는 더 이상 비밀 정의의 집행자가 되고 싶지 않다. 왜냐하면 어떤 것 뒤에 무엇이 있는지 결코 알 수 없기 때문이다. 모든 것은 빠르게 변할 수 있고, 관점은 여러 가지라서 단 하나의 관점만 존재하는 것은 불가능하다.

게다가 지금은 할 일이 더 있다. 나한테 멋진 생각이 떠올랐고 마틸다에게 꼭 말해주고 싶었다.

"네가 준 그림을 내 방에 걸어두었어. 엄마가 그걸 부러워해."

"그럴 만하지! 그건 동물 그림 컬렉션의 대표작이거든."

"그 그림을 보다가 멋진 생각이 떠올랐어. 이번에 네가 찍은 사진이 모두 필요해!"

"그걸로 뭐 할 건데?"

"책을 쓸 거야, 제목은 '똥 익스프레스'가 될 거야."